LOCUS

LOCUS

LOCUS

LOCUS

Smile, please

給我報報

1997年賤鑑

三目武夫、袁詠儀等合著

目錄（三目武夫摘錄）

7月　p126

李登輝總統在記者會上明白表示台灣不是香港。難怪化妝品這麼貴。

國民黨國大代表呂學樟因反凍省遭國民黨停職兩年。凍省又凍人，黨中央好狠。

8月　p142

殷宗文控訴自立早報發行人及總編。在白色恐怖的遊戲裡，這倒是新招。

「一代系列」酒店遭檢警大規模搜索。照例搜出一票保險套。

9月　p162

北市議員璩美鳳出任華衛新聞台總監。如果能增聘催眠大師馬汀為顧問，華衛的新聞會更好看。

民進黨領取一億五千萬政黨補助費。許多財團鬆了一口氣。

10月　p178

聯瑞積體電路公司大火。最讓聯瑞頭痛的是，訂單並沒有燒掉。

連戰訪問歐洲。山珍海味一道一道吃，最後吃的是閉門羹。

11月　p196

宋七力因常業詐欺罪被判七年徒刑。七力判七年，早知就叫宋一力，只要坐一年牢。

海基會副董事長焦仁和受邀訪大陸。如果去，將披著「戒急用忍」的綵帶出發。

12月　p218

國統會召開全體委員會議。信介仙沒去，統一的藍圖一點綠色都沒有。

中油今年第三次調整油價。民眾也第三次調整心情。

索引

1月

2月

3月

4月

5月

6月

7月

8月

9月

10月

11月

12月

※姓名下畫線者為本尊，其餘為分身

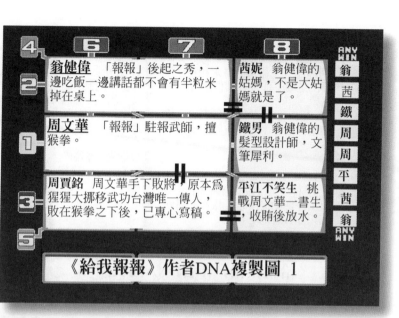

<u>翁健偉</u>　「報報」後起之秀，一邊吃飯一邊講話都不會有半粒米掉在桌上。

茜妮　翁健偉的姑媽，不是大姑媽就是了。

<u>周文華</u>　「報報」駐報武師，擅猴拳。

鐵男　翁健偉的髮型設計師，文筆犀利。

周賈銘　周文華手下敗將，原本爲猩猩大挪移武功台灣唯一傳人，敗在猴拳之下後，已專心寫稿。

平江不笑生　挑戰周文華一書生，收賄後放水。

翁　茜　鐵　周　周　平　茜　翁

《給我報報》作者DNA複製圖 1

※姓名下畫線者為本尊，其餘為分身

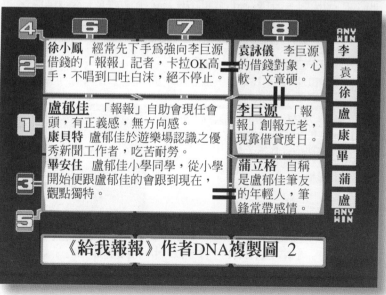

徐小鳳　經常先下手爲強向李巨源借錢的「報報」記者，卡拉OK高手，不唱到口吐白沫，絕不停止。

袁詠儀　李巨源的借錢對象，心軟，文章硬。

<u>盧郁佳</u>　「報報」自助會現任會頭，有正義感，無方向感。

康貝特　盧郁佳於遊樂場認識之優秀新聞工作者，吃苦耐勞。

畢安住　盧郁佳小學同學，從小學開始便跟盧郁佳的會跟到現在，觀點獨特。

<u>李巨源</u>　「報報」創報元老，現靠借貸度日。

蒲立格　自稱是盧郁佳筆友的年輕人，筆鋒常帶感情。

李　袁　徐　盧　康　畢　蒲　盧

《給我報報》作者DNA複製圖 2

※姓名下畫線者為本尊，其餘為分身

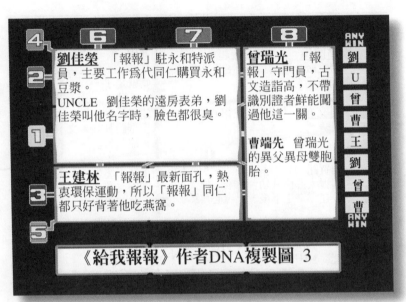

<u>**劉佳榮**</u>　「報報」駐永和特派員，主要工作爲代同仁購買永和豆漿。

UNCLE　劉佳榮的遠房表弟，劉佳榮叫他名字時，臉色都很臭。

<u>**王建林**</u>　「報報」最新面孔，熱衷環保運動，所以「報報」同仁都只好背著他吃燕窩。

<u>**曾瑞光**</u>　「報報」守門員，古文造詣高，不帶識別證者鮮能闖過他這一關。

曹端先　曾瑞光的異父異母雙胞胎。

劉　U　曾　曹　王　劉　曾　曹

《給我報報》作者DNA複製圖 3

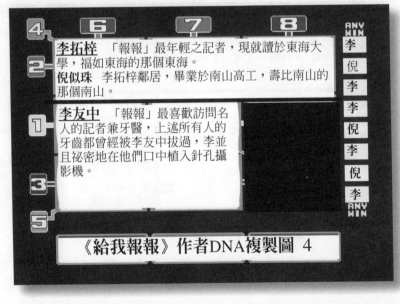

※姓名下畫線者為本尊，其餘為分身

<u>**李拓梓**</u>　「報報」最年輕之記者，現就讀於東海大學，福如東海的那個東海。

倪似珠　李拓梓鄰居，畢業於南山高工，壽比南山的那個南山。

<u>**李友中**</u>　「報報」最喜歡訪問名人的記者兼牙醫，上述所有人的牙齒都曾經被李友中拔過，李並且祕密地在他們口中植入針孔攝影機。

李　倪　李　李　倪　李　倪　李

《給我報報》作者DNA複製圖 4

※姓名下畫線者為本尊，其餘為分身

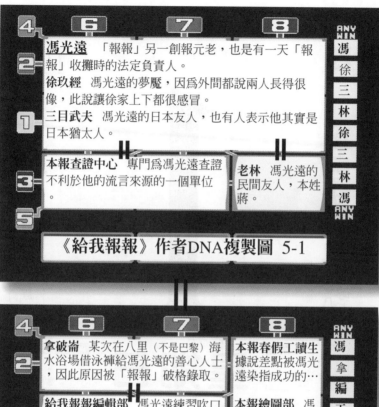

<u>**馮光遠**</u>　「報報」另一創報元老，也是有一天「報報」收攤時的法定負責人。

徐玖經　馮光遠的夢魘，因爲外間都說兩人長得很像，此說讓徐家上下都很感冒。

三目武夫　馮光遠的日本友人，也有人表示他其實是日本猶太人。

本報查證中心　專門爲馮光遠查證不利於他的流言來源的一個單位。

老林　馮光遠的民間友人，本姓蔣。

馮 徐 三 林 徐 三 林 馮

《給我報報》作者DNA複製圖 5-1

※姓名下畫線者為本尊，其餘為分身

拿破崙　某次在八里（不是巴黎）海水浴場借泳褲給馮光遠的善心人士，因此原因被「報報」破格錄取。

本報春假工讀生　據說差點被馮光遠染指成功的…

給我報報編輯部　馮光遠練習吹口琴地方。

本報繪圖部　馮光遠午休的一個部門，所以中午常傳出鼾聲。

王荃　**詩人**，馮光遠的偶像，曾動過變性手術。

戴奧辛　與馮光遠走得最近的一位記者，有口臭。

本報主筆群　最不買馮光遠帳，也不買他舊傢具的一群人。

馮 拿 編 王 工 繪 戴 主

《給我報報》作者DNA複製圖 5-2

中華民國八十六年

1997

1

一月

正月初一日

初八立春
己卯占大門

2.1

喜神：東北		不宜
財神：正北		修造
日煞：西方		入宅
日沖：雞66歲		
宜	開市 嫁娶	安床 牧養

格言

一元覆屎萬巷更腥

星期日

給我報報1997年鑑

日 SUN	一 MON	二 TUE	三 WED	四 THU	五 FRI	六 SAT
1	2	3	4	5	6	7
8	9	10	11	12	13	14
15	16	17	18	19	20	21
22	23	24	25	26	27	28

本月大事記：

1. 宋楚瑜拒作末代省長的眞心告白
2. 抓到小偷遊街示衆，阿扁市長點子出衆
3. 宋省長辭職效應擴大，記者腰圍擴得很大
4. 宋楚瑜如果教書，他開的課應該是這樣
5. 連戰向教宗告解大揭密

1996年12月30日～1997年1月5日

給我報報時事排行榜

三目武夫獨家製作／本周排名

1 宋楚瑜請辭省長職。**台語豈不白學了？**

2 全國治安會議。**會議現場當然沒有命案或搶案發生。**

3 大法官釋字第419號解釋。**這個「副總統兼閣揆」的釋憲案，其解釋文摘要如下：政治問題、甚明、實毋庸辭費。**

4 立院三讀通過「檢肅流氓條例部分條文修正案」。**證明流氓不一定要去選立委，其人權也還是可以得到保障。**

5 有線電視頻道商與系統業者之間的紛爭。**在海外的楊大哥只能用打長途電話的方式仲裁，所以大家不太怕他。**

6 立院三讀通過「性侵害犯罪防治法草案」。**三黨女性立委齊聲歡呼，可惜晚了一點，婉如聽不到。**

7 油價調整。**不是沙拉油，所以如果有餐館跟著漲價，食客可以抗議。**

8 陳水扁市長的「小偷遊街示眾」構想。**其實真正應該遊街的是贓物，既不侵犯人權，也可讓失竊民眾辨認自己的東西。**

9 屏東縣萬丹鄉警匪槍戰。**這種大規模的槍戰，也只可能發生在前縣長被判無期徒刑，前議長被處死刑的縣裡。**

10 八里污水廠弊案偵結，起訴伍澤元等十九人。1997**年，台灣有個好的開始。**

1997年1月6日～1月11日

給我報報時事排行榜

三目武夫獨家製作／本周排名

1　案楚瑜請辭省長職。**「我不會讓你走。」「我怎麼回得去？」這兩句話如果用純正的北京話來講，就好像在講相聲。**

2　連戰訪尼加拉瓜。**大家猜一猜這一次他會在哪個機場轉錯飛機。**

3　台灣核廢料將運往北韓境內永久貯存。**鬧飢荒的北韓可能因此得到鎘米、飼料奶粉和病死豬肉的糧食援助。**

4　在野黨要求國民黨黨事業退出公共工程。**退出公共工程，真的想做事，還是可以包中共工程嘛！**

5　北高等九市縣展開春安工作。**很多青少年被迫留在家裡，害得他們的父母無法盡興收看鎖碼節目。**

6　陸委會擱置縣市長赴大陸訪問案。**擱置了也好，反正目前有太多縣市長官司纏身，走也走不了。**

7　涉入電玩弊案，陳衍敏被判十八年。**一票玩電玩的警察，他的積分最高。**

8　陳水扁市長訪問新加坡。**在提出「青少年宵禁」和「透明囚車」的構想之後，阿扁市長在新加坡應該會被招待欣賞「鞭刑」。**

9　竹聯幫天堂堂主辦理解散幫派自首手續。**並繳出翅膀乙副。**

10　東海大學學生寒夜排隊選課。**教育界的靈異故事。**

現場傳真／採訪◎李友中

記者：「警方舉發您出售靈骨塔逃稅二十億，您怎會這麼有錢？」
惟覺老和尚：「老僧『惟』一沒有察『覺』，感謝警方提醒。」
記者：「您還有什麼『惟』一沒察『覺』的？」
惟覺老和尚：「前天榮總大夫告訴我，蔣孝勇就是孔二小姐。」

1997
給我報報之
退稿驚選

1969年國內大事回顧

回顧得好，不如回顧得妙

文／拿破崙

外交部條約司發表統計，全球有六十七國與我國有關係。**所以外交部長魏道明很忙。**

華航加入國際航協。**因此日後如果華航發生性騷擾事件，都要算是國際事件。**

立院通過道路交通管理處罰條例的修正案。**沒有一條和瓦斯車有關的。**

許席圖等三十七人因籌組「統一中國促進委員會」而被捕判刑。**可惜當年沒有新黨，沒有人聲援。**

國民黨十全大會上，蔣經國在中央委員的選舉裡排名第一。**多年之後，在兩蔣移靈的問題上，蔣經國排名第二，他老爸排名第一。**

台北市銀行開業。**竟然沒有同時推出金卡。**

于豪章任陸軍總司令。**這位陸總司令不是後來參選副總統的那位陸軍總司令。**

台中青果社舞弊案，四十人被起訴。**跟後來台中電玩弊案起訴的人相比，簡直是小巫見大巫。**

■政院通過台電籌建原子能發電廠向美貸款計劃。**因為立法院沒有人反對原子能發電，所以也沒有什麼覆議案不覆議案的。**

■台中金龍少棒奪得第二十三屆世界少棒冠軍。**贏得漂亮，因此沒有人向少棒聯盟遞上「異常比賽」資料。**

■經濟部撥貸六千萬元，挽救高雄、台中青果社財務危機。**青果社一些年輕幹部多年之後在不同的農會又捅出類似的漏子。**

■國民黨蔣介石總裁提依例自退運動，馬超俊等高級黨工響應，提出退休申請。**可見當年國民黨的「改造」非常簡單。**

■交通部籌建桃園國際機場。**後來牽扯到此機場二期航站弊案的一票人，當年因為年紀太小，所以並沒有出來圍標。**

■柏楊在《自立晚報》上改寫大力水手漫畫，以「匪諜」罪判刑十二年。**很多人因為此案暗中對蔣介石倒豎大拇指。**

■經濟部核准設立台灣省農會飼料廠。**此廠並不生產飼料奶粉。**

■中國電視公司開播。**晚間新聞開了二十三分五十秒天窗這件事，與此新電視公司無關。**

■尼日總統狄奧里訪台。**我國與尼日斷交、再建交、再斷交，均與狄奧里無關。**

■苗栗縣通宵鎮民代表洪水木被罷免案，爲台省實施地方自治以來首件罷免案。**首件縣長被判無期徒刑案，則在二十七年之後才發生，主角為伍澤元。**

■交通部決定南北高速公路爲不收費公路。**後來不但收費，收費站還傳出弊案。**

■北市首屆市議會成立。**這也是日後「府會失和」的肇因。**

■陳大慶出任台灣省政府主席。**因為陳大慶說話的分貝沒有超過行政院副院長蔣經國，所以中央沒有傳出廢省的聲音。**

（退稿原因：要你回顧一九九六年，你給我回顧一九六九年，難怪《給我報報》的記者在外面都被人恥笑。）

如意年

1997
給我報報之
退稿驚選

宋楚瑜拒作末代省長的眞心告白

文◎周文華

台灣省長宋楚瑜在去（八五）年底「出清存貨」的旺季，將自己的辭呈也清了出去，造成了歲末的大震撼（但並沒有造成搶購）。在震驚之餘，《報報》特別獨家專訪了宋省長，挖出了諸多相關的內幕，以下，便是這次訪談的重點：

記者：宋省長，可不可以請您談談請辭台灣省長的主要原因？

宋楚瑜：我已經遞出辭呈了，所以不要叫我省長，也不要叫我阿郎，叫我沒登峰。

記者：是，可是您雖然已經請辭，現在仍然是省長，所以還是應該稱呼您省長吧！

宋楚瑜：好吧！隨便你。我這次請辭台灣省長，是經過一番深思熟慮的。最早的時候，我本來是想請辭雲南省長，或是海南島島長，但是後來發現這樣的舉動一點意義都沒有，現在不是一切都講求本土化嗎？所以，我就想，不如辭掉台灣省主席好了，但萬水（省長夫人）不同意，她說如果要辭的話兩年前就應該辭了，現在再辭省主席很無聊，所以，最後我決定要辭掉台灣省長。

記者：可是您有四百萬的民意基礎，四百萬耶！換算成鈔票的話，數都要數上老半天，怎麼可以說辭就辭呢？

宋楚瑜：這也是沒有辦法的事，四百萬有什麼用？國發會要廢省，我不就成了末代省長？到時候跟末代皇帝，末代太監一樣被拍成電影，那不是很難堪？如果我辭掉省長，一定還會再補選，那麼末代省長就不會是我了。

記者：但是國花會要會省…不，國發會要廢省是因為省政府的行政效率不彰，並不是因為您的緣故啊！

宋楚瑜：這話就沒什麼道理了，你見過哪個政府單位行政有效率的？如果這個理由可以成立的話，那我們不是連國家都要廢掉了？政府總還是要存在的嘛，怎麼可以因為這個理由就廢呢？

記者：那麼，提出辭呈後，您有什麼計劃沒有？

宋楚瑜：我打算走遍全省各鄉鎮，拜託選民支持我辭職。

記者：這招不是在參選的時候就已經用過了嗎？

宋楚瑜：呃，用過了嗎？那……我還要再想想……

記者：如果您真的辭職了的話，您覺得誰最適合接替您的位子？

宋楚瑜：現在台灣可以說已經祇剩下一座阿里山了，誰覺得台灣即使祇剩阿里山也要參選的，應該就是他了吧！

（退稿原因：你確定訪問的眞的是宋省長嗎？昨天編輯們在省長家打麻將的時候，怎麼沒看到你？）

1997
給我報報之
退稿驚選

省長先出辭呈，衆人重新洗牌

文◎戴奧辛

台灣省第一屆民選省長宋楚瑜於一九九六年除夕遞出辭呈，此舉立即在台灣引起一陣錯愕，不過對宋省長辭職動作最感憤怒的，不是政壇人士，而是媒體界。

「爲什麼媒體界對宋省長的辭職最不諒解」，本報記者特地走訪台灣幾家大報的總編輯，請他們發表意見。

「他早不辭，晚不辭，選在本報的『年度十大新聞』登過之後辭，分明是跟我們過不去。三餅！」中國時報的黃總編輯如此表示。

「碰，黃總說得對，」自由時報的陳總編輯贊成黃總編的看法，「我們主持的報紙，都是台灣最重要的報紙，可是日後人們回顧一九九六年，發現我們報紙上的『一九九六年十大新聞』竟然漏了宋楚瑜辭職的事，對我們的專業素養豈不是會產生誤解？七條，項總，怎麼啦，不是在等七條嗎？」

「時候不對，」聯合報的項總編輯回陳編輯的話，「我是說辭職的時候不對，陳總，不是說你會丟七條的時候不對，其實宋省長晚一天辭職的話，對我們就不會造這麼大的困擾，因爲事情這麼嚴重，一定會被列進『一九九七年十大新聞』裡嘛，他何苦在九六年的最後一天辭，害得我們這幾個大報的『一九九六年度十大新聞』都漏了這一條，唉，眞是存心跟我們過不去。老陳，你眞的以爲我在等七條啊？哈！」說著，項總也丟出七條。

「那麼您的看法呢？」記者再把錄音機移向給我報報的偶數日馮總編輯面前，衹見他摸牌之後，臉色大變，露出驚喜莫名的表情。「自摸，」馮總大叫一聲，隨即把面前的牌推倒，「哇塞，碰碰胡、清一色、槓上開花，大吧？一共十四台，老陳你老人家莊家連三拉三，再加七台，一共二十一台，付錢！」

「ㄇㄚ・ㄉㄜ」三名總編輯不約而同地吐出四個注音符號。

「請問您的看法呢？」記者再問。「什麼看法？」馮總一邊收籌碼一邊反問。

「宋省長歲末辭職，害得各報一九九六年度十大新聞都出糗的事。」記者解釋道。

「可見，在台灣做任何事都是多做多錯，不做不錯，」馮總頗自豪地說，「像本報，今年又忘了做『年度十大新聞』，結果呢，反而沒出糗，哈哈哈！哈哈哈哈哈……。」

（退稿原因：贏錢卻沒有同仁分紅，沒有見過這麼自私的老總。）

1997年1月12日～1月18日

給我報報時事排行榜

三目武夫獨家製作／本周排名

1 新黨內訌。**內訌之後，地上一片紙屑都沒有，可見新黨果然是一個自律甚嚴的黨。**

2 女生上成功嶺。**成功嶺上的男生部隊，排隊時都被要求胸線切齊；至於女生部隊，嗯，可能無法做此要求。**

3 連戰訪問梵蒂崗及愛爾蘭。**希望能看到連戰入境隨俗，學愛爾蘭男生穿裙子的鏡頭。**

4 失蹤男嬰鄭人豪尋回。**日後鄭小弟上小學，自傳的內容注定要比別的小朋友豐富。**

5 尹清楓命案展開催眠偵查。**原先睜眼說瞎話的，經催眠之後改成閉眼說瞎話。**

6 賽夏族少女朱淑琴遭刑警毆打致死刑案。**官人出草，角色顛倒。**

7 主要幫派紛紛自首解散。**不包括朱毛匪幫。**

8 北市府五首長自台大借調案。**竟然沒有人提到「有借有還，再借不難」此一名言，令人遺憾。**

9 捷運工人集體罹患潛水夫病。**包商及相關單位主管集體罹患去打高爾夫病。**

10 我逮捕侵入我國領海捕魚的日本漁船。**船上好多沙西米。**

現場傳眞／採訪◎李友中

記者：「省長幹得好好的，爲何想不開？」

宋楚瑜：「我感到不被尊重，傷心、困惑、不解、憤怒，一種被遺棄的悲哀。」

記者：「您很激動，是受害人？」

宋楚瑜：「很抱歉我無法控制脾氣，我太太這次去香港大採購買的褲子，沒、有、一、件、我、穿、得、下！」

1997
給我報報之
退稿驚選

抓到小偷遊街示眾

阿扁市長點子出衆

文◎戴奧辛

台北市長陳水扁日前表示，市府研議以後在抓到小偷之後，在從分局移送到地檢署時，以透明偵防車押送，使得路上民眾都能看到小偷的嘴臉。此議提出之後，引發不同的反應，本報特整理各種反應如後：

■一伍姓犯人在監獄裡表示，遊街不算什麼，他以前競選縣長時還不是每天都遊街，不算什麼。

■一整容醫師則提出他的憂慮，「遊街會讓一些小偷羞得抬不起頭來，因爲自己長得不夠帥，我因此要在這裡鄭重呼籲那些長得不夠帥的小偷，最好先到我這裡整容、割雙眼皮、隆鼻、豐頰，我做得都不錯，我的地址是……」因爲牽涉到新聞廣告化，本報沒有再讓他講下去。

■一位兒子逃家的王伯伯說，他贊成市政的這個主意，不過他希望市府能固定透明囚車的路線跟時間，準時發車，這樣子萬一他兒子做歹事被捕，他才不會錯過在囚車上看到兒子的機會。

■一位大陸來台依親的馬大媽說，文革之後已好久沒有再看過押人遊街的鏡頭了，頗爲懷念，她提醒台北市政府幾件事，「要五花大綁，要戴高帽，要全程下跪，要掛牌子。」馬大媽的姪子小馬在旁補充說：「要剃光頭。」馬大媽聽了之後拍拍姪子的頭說：「小子，有你的！」

■一對才偷完情的男女則在賓館門口生氣地對本報記者咆哮道：「看什麼看，沒看過人家從賓館出來呀？」

（退稿原因：我們知道馮總編輯前兩天才因爲稿子的事情罵過你，可是也沒有必要在最後一段出他洋相嘛！）

1997
給我報報之
退稿驚選

簡介大家都不知道的
禦寒七寶

文◎周文華

冷鋒來襲，今年的冬天果然非常冷。在這寒冷的季節裡，一般人最常做的休閒活動大概就是禦寒了。然而由於台灣寒冷的日子並不多，使得許多人喪失了禦寒的本能，一遇到冷天便一籌莫展，叫苦連天。在此，《報報》將推薦給您七樣禦寒至寶，希望能陪伴讀者們度過這個寒冷的冬天。

柴　柴是禦寒的無上至寶，不管天氣再冷，寒流再強，祇要燒些柴火，保證可以爲您帶來溫暖。現在的家庭中利用燒柴來取暖的情形已不多見，如果一時之間找不到柴火，打開暖氣機或將冷氣機反過來安裝也是一樣的。

米　相信大家都聽過「饑寒交迫」這句成語，這是形容一個人又冷又餓，景況十分悲慘。所以，請切記，千萬不要空著肚子對抗嚴寒，先將生米煮成熟飯，填飽自己的肚子，肚子飽了，也就不會覺得這麼冷了。

油　冬季是個容易發福的季節，這是因爲身體爲了要儲備足夠的熱量而拚命囤積脂肪之故。由此可見，多準備點油（脂肪），一定能夠幫助自己度過寒冬。

鹽　爲了避免著涼，也避免因洗澡過勤而患濕疹，冬季裡最好能減少洗澡的次數。然而令人爲難的是，若太久不洗則身子的異味令人難以忍受，甚至還可能會因此而染患疥瘡。這時候，最好的方法就是在自己的身上抹上一些鹽巴，將自己醃起來，不但能夠長久保鮮，而且還風味獨特喔！

醬　大多數的人都不明白爲什麼醬油也能夠拿來做取暖的工具，更糟的是連《報報》的記者也沒弄明白。不過這裡所說的「醬」指的其實是辣椒醬，吃點辣椒醬，或吃鍋麻辣火鍋，保管能驅走一切的寒冷。

醋　吃醋可以取暖則是再淺顯不過的道理了，當然這裡所說的「醋」也絕不是廚房裡的醋。情人的眼裡容不下一粒沙子，卻往

往可以容納許多的醋罈子。寒冷的時候，隨便打翻其中一罐，除了醋香四溢外，連凍結的冷空氣也會開始活絡起來。

茶　如果以上方法您都試過了，卻都沒有什麼效果，那麼不如坐下來泡杯熱茶，相信它爲您所帶來的溫暖，絕對能安撫您受凍的心靈。

（退稿原因：柴米油鹽醬醋茶絕不是禦寒七寶，更不是騙稿費七寶，別把《給我報報》編輯當笨蛋。）

1997
給我報報之
退稿驚選

宋省長辭職效應擴大

記者腰圍擴得很大

文◎袁詠儀

台灣省長宋楚瑜在除夕夜突然宣布辭職，除了震撼政界外，更嚴重的是導致數十名新聞從業員體重暴增，有些甚至臨時需要買大一號的衣服來穿，以免在追尋宋省長行蹤的過程中，衣服撐破。

一名專跑省政府新聞的電視台記者愁眉苦臉的對《報報》說：「假如宋省長辭職事件不早日解決，我會胖到連家人也不認得我了！」他指出，在宋省長「失蹤」期間，他和其他媒體人員每天都全天守候在省長官邸外，不但三餐都有公司提供便當，另外在等得無聊時，他更會吃零食小吃。這本來沒什麼，但後來宋省長卻愛心大發，要隨從人員爲守候在家門外的媒體人員提供餐點充饑，結果害得大家無端一天要吃六、七餐，比在選舉期間去吃流水席還要辛苦。

該名記者說：「最慘的是，省長的佣人儘是買些披薩、起司漢堡等高熱量的食物給我們吃，由於是省長心意，拒之不恭，所以便勉強吃下去，腰圍便因此寬起來。」

該名記者繼續抱怨說：「一月五日晚上，宋楚瑜要去連戰的家，我們媒體一大票人趕過去，那時我心裡面想，啊，今天總算可以吃少一點，不用那麼撐了，結果X的（編按：此處這一句話有可能是「那麼」，而不是X的，記者聽不準），連方瑀也來個愛護媒體，要人買了一大堆漢堡請我們，結果又是撐死了！」

另一位很資深的報紙記者感嘆說：「以前我們去採訪，人家是送紅包給我們，現在他們改送麵包，台灣這幾年眞的是改變的太快了！」

根據一些電視台的記者們透露，在宋辭職風波告一段落之後，他們會向公司請假一段時間，不是要休息，而是去瘦身公司減肥。

（退稿原因：詠儀，叫你想辦法去把連夫人的餛飩食譜弄回來，你卻弄個「宋府菜單」出來，搞什麼嘛！）

1997年1月20日～1月26日

給我報報時事排行榜

三目武夫獨家製作／本周排名

1 宋楚瑜請辭省長職。**請一辭一待一收視率回升再講。**

2 湄洲媽祖遊台灣。**用很「搖擺」（台語）的方式遊。**

3 北縣襲警奪槍事件。**談起此案且忿忿不平強調匪徒是搶計程車犯案的，一定是運將。**

4 殘障聯盟查封立法院。SO WHAT? **反正大多數立法委員平常也很少上班。**

5 被指稱可能涉入劉邦友官邸血案的陳鴻仙投案。**他可能只是台灣歷史上最受矚目的職業賭場抽頭者。**

6 兩岸航運界於香港協商。**先協商，再血拚。（真的去血拚，**SHOPPING**，不是指兩岸間的血拚。）**

7 第二職棒聯盟「台灣大聯盟」成立。**成立酒會上，邱復生第一棒、莊亨岱第二棒、簡明景第三棒、陳盛沺第四棒、王金平第五棒……。**

8 米酒大缺貨。**害得米酒飲者不敢乾杯，只能隨意。**

9 警方製作通緝專刊通緝嘉義縣議長蕭登標。**通緝專刊上的照片跟競選海報上的照片一樣英姿煥發。**

10 衛生署表示六成六的藥酒不符「標示規定」。**沒關係，反正六成以上的消費者也不會去看標示。**

現場傳眞／採訪◎李友中

記者：「消基會舉發貴公司100％生髮按摩療效宣傳不實，您如何說明？」

生髮業者：「有些是消費者本身使用不當造成，例如蔣孝勇先生以爲生髮藥水是用喝的，結果一命嗚呼。」

記者：「這個人的祖父好像也是貴公司的受害者？」

生髮業者：「唉，別提了，無髮無天的時代。」

1997
給我報報之
退稿驚選

宋楚瑜如果教書，他開的課應該是這樣

文◎翁健偉

雖然政府高層還沒答應宋楚瑜辭職，不過省長已經向外界表示，不當省長的話就要去教書。這倒是令人滿好奇的，想想看，以咱們宋省長的學經歷，應該替同學們上哪個科目比較好呢？

公民與道德：對啊、前陣子彰安國中有個女老師，竟敢不知好歹地在公民與道德考試卷裡出什麼「宋省長流淚」的考題，搞得省長好尷尬喔！趁此機會重拾教鞭，就應該好好地糾正學生的觀念，省長流淚眞的是跟個人無關嘛，他衹是心疼「一張票，一世情」，如果把省廢掉，你叫他得轉世投胎多少回才還得清啊！

地理：在省長選舉的時侯，宋省長自稱跑遍了全台灣的大小鄉鎮，什麼地方都去過。既然有身歷其境的經驗，教起課來應該分外的生動，「怎麼樣，這地方我早就去過了，你們去過嗎？」

台語：宋省長在競選演說的時候，常常會三不五時加進幾句台灣俗語，偶爾展示他苦學台語的功力，眞教人敬佩！如果校長能請到他來主持台語教學，相信上課時沒人會打瞌睡，大家整天都是笑嘻嘻的。

電影：想當年，當宋省長還是新聞局長的時侯，金馬獎可是被辦得頂呱呱，電影業也是一片欣欣向榮！由此可知他一定很懂電影，讓他來培育更多的電影人才也不賴。

國文：一個能想出「一張票，一世情」、「那些喊出『四百年來第一戰』的人，怎麼『四百零二年』就不戰了？」、「我還是要走」等語言的人，相信國文底子一定很深厚，不教書眞的浪費了。

祕書教育：對啊，宋省長也當過執政黨的祕書長，請他把自己的經驗跟同學分享，應該滿不錯的。比方說怎麼看老闆臉色啊、怎麼做好老闆交代的任務啊、怎麼樣把老闆看不順眼的合夥人踢出門啊、怎麼對付那些想自立門戶的合夥人啦……這些都是難得的經驗喔！

三民主義：讓宋省長來教這門課沒有別的意思，反正不少學校已經改成選修的了，這種可有可無的「雞肋」課程當然要留給一些

可有可無的人來上嘛。

（退稿原因：宋省長憑他的高分貝嗓子，絕對勝任教聲樂，怎麼文中沒提？）

1997
給我報報之
退稿驚選

連戰向教宗告解大揭密

文◎盧郁佳

中華民國副總統兼行政院長連戰日前在梵蒂岡展開劃世紀的訪問，會晤教宗若望保祿二世，氣氛融洽，以下是祕密會談的內容：

樞機主教蘇達諾國務卿：每人告解限時三分鐘，敬請務必簡單扼要。(按下碼表) 開始！

連戰（搞不清楚狀況）：本人奉中華民國李登輝總統指派，以特使身分晉見教宗聖座…

教宗打斷：孩子，你懺悔自己的罪就可以，別人的罪讓他自行告解！

連戰：主要的目的是代表我們全體國民來向教宗表達…

樞機主教：老天，叫他別替別人告解，他竟然還想替幾千萬人告解！

教宗：沒時間了，那我們照單子一項一項勾好了，嗯，七大罪的第一項是……(找到「貪婪」項下的空格) 你曾否把產業租給非法KTV之類的行業營利？

連戰：……

教宗：那就是有了(打勾，望向下一項「好吃」)，你有沒有吃過接近五百元的便當？

連戰：……

教宗：(低頭打勾)有沒有當眾倒豎姆指？

連戰：……

教宗：（在驕傲項下連打兩個勾）中國人真了不起。

接下來…會談結束，教宗送連副總統步出告解室時，一連說了三聲「中國、中國、中國」，充分顯露出對該國人民罪孽深重的憂心，並表示「我時常爲台灣祈禱」。連戰則對媒體表示會談進行得十分投機，本來預期進行三分鐘，竟延長爲三十五分鐘之久。他並私下詢問樞機主教關於梵蒂岡情報網的問題，得到的回答是「他是教宗，他什麼都知道。」

(退稿原因：妳去合歡山賞雪之後，竟然能寫出連副總統訪問教宗的新聞，眞難爲妳了。)

1997
給我報報之
退稿驚選

催眠大師比比皆是，獨厚湯姆令人不解

文◎周文華

爲了偵辦懸宕三年之久的尹清楓命案，軍方專案小組特別請求美國催眠大師湯姆，對判處無期徒刑執行中的海軍上校郭力恆，進行國內首次的「催眠偵查」。

據悉，這次軍方大費周章從美國請來湯姆，是因爲這個案子「非破不可」，「一定會破」卻偏偏一直沒有破，因此才會想到引用在美國已成爲偵察主流的「催眠偵查」，而由於國內缺乏這方面的人才，所以祇好向美國討救兵了。然而國內眞的沒有這樣的人才嗎？一位鑽研催眠術已長達三十餘年的大師表示，其實國內擅長催眠術者比比皆是，實在稱得上是人才濟濟，祇因爲大家崇洋心態作祟，總以爲外來的和尚就比較會唸經，而忽略了本土的人才。該名大師說，如前一陣子大出風頭的宋七力、妙天等人，他們雖然不會唸經，但催眠術的功力已達爐火純青、登峰造極的境界，能讓這麼多人對他們深信不疑，還甘心向他們下跪、奉獻，湯姆就不可能有這個能耐。而在政界、這樣的人才更多，各黨各派甚至還派有專人日夜不停地鑽研著催眠技巧，祇要他們高喊「獨立」，老百姓就被催「獨立眠」；高喊統一，老百姓就被催了「統一眠」；高喊「廢省」，宋楚瑜就哭。由此可見，台灣並不是沒有這樣的能力。

除此之外，大師說，眞正的箇中高手其實是《給我報報》的記者們，他們在報導新聞時，常常會想盡辦法催眠讀者，讓讀者們以爲他們的報導都很翔實。要不，就是想盡辦法自我催眠，讓自己以爲讀者們相信的報導。要知道，催眠術是人人都可以學得會的，但要能催眠自己，就必須靠一點天分。

爲了證明《報報》眞的掌握了催眠的力量，在此我們將首度破天荒對全世界的讀者進行「紙上催眠術」的表演。以下，您將看到一段催眠文字，並且對其深信不疑：相信我，相信我，你現在正在看《給我報報》，如果你將書闔上，就看不到《給我報報》，但你總有一天會闔上它………

給我報報1997年鑑

（退稿原因：相信我，相信我，
你會被退稿………）

中華民國八十六年

1997

二月

1

二月初二日

初八立春
己卯占大門

2.1

喜神：東　北 財神：正　北 日煞：西　方 日沖：雞66歲		不宜	修造 入宅
宜	開市　嫁娶 安床　牧養		

星期日

格言

二形二狀更上層樓

給我報報1997年鑑

日 SUN	一 MON	二 TUE	三 WED	四 THU	五 FRI	六 SAT
1	2	3	4	5	6	7
8	9	10	11	12	13	14
15	16	17	18	19	20	21
22	23	24	25	26	27	28

本月大事記：

1. 金錢搶來不易，匪徒應當珍惜
2. 女兵日記之雌雄莫辨版
3. 最新消息指出——廢省後所得之廢料也將運往北韓
4. 本報獨家披露鄧小平的遺囑
5. 鄧小平過世之後的台灣反應

1997年1月27日～2月2日

給我報報時事排行榜

敬告舊雨新知：

因為年假，本週
給我報報時事排行榜，
暫停服務，
如有疑問，請電總統府

返日回鄉過年的三目武夫敬留

現場傳眞／採訪◎李友中

記者：「請問台北市警局長，青少年宵禁計劃似乎受到相當大的反彈？」

丁原進：「說宵禁太嚇人，我們現在改爲柔性勸導，凡午夜還在外逗留的青少年，台北市警局送一張秦慧珠簽名照。」

記者：「改得這麼柔有效嗎？」

丁原進：「有，祇要一過午夜，青少年都爭相走避。」

1997年2月3日～2月16日

給我報報時事排行榜

三目武夫獨家製作／本周排名

1 職棒賭博案。**原來白手套也是某些球員的裝備。**

2 農會選舉傳暴力事件。**當然不是用鋤頭，呆瓜。**

3 幫派份子自新截止。**同日，各幫派開始自行改選大哥。**

4 東南旅行社涉嫌媒介買春及仿冒品。**買春倒是賣真的，沒有人買到仿冒品。**

5 李宗盛婚變。**預料將會寫出一批勸被遺棄的女人認命的新歌。**

6 行政院通過「總統、副總統待遇支給條例」草案。**我們建議正副總統把減薪四分之一的剪報給太座看，免得被誤會。**

7 教育部舉辦「大學博覽會」。**竟然沒有「博覽會之花」讓吳京部長收作媳婦。**

8 高市文化中心斷電阻止人體繪畫創作。**因為斷電者習慣在配偶把衣服脫光之後就把燈關掉。**

9 導演吳念真等百多名大陸航空旅客霸機抗議。**以後是不可能在大陸航空班機上看吳念真編導的「太平．天國」了。**

10 山西運城關公遊台灣。**看得出，關公的公關做得比媽祖差。**

現場傳真／採訪◎李友中

記者：「您這位教育部長竟把『成功嶺之花』留給自己的二兒子，別人都不許搶？」

吳京：「我二兒子想要娶『成功嶺之花』想得口水都滴到鞋子了，做爸爸的不設法行嗎？」

記者：「可是『成功嶺之花』已訓練得會做很棒的棉被操，您兒子能嗎？」

吳京：「不能，我二兒子的棉被太潮了，立不起來。」

1997
給我報報之
退稿驚選

金錢搶來不易 匪徒應當珍惜

文◎周文華

日前台中縣大肚鄉發生運鈔車被劫案件，三名歹徒持槍搶走了三千餘萬元，整個作案過程不到一分鐘，顯見搶匪是經過周詳的計劃，並且熟知該店的營收和運鈔狀況。

三千多萬不是一筆小數目，大多數的人終其一輩子也存不了這麼多錢，因此對那三名搶匪來說，如何妥善處理那筆財產便成了十分棘手的事，鑑於國內搶案日漸繁多，而理財已是現代人不可或缺的基本技能，坊間卻偏又缺乏此類專門報導劫匪如何理財的書籍，因此，《報報》特別整理了一份從來沒有任何財經專家深入研究過的《劫匪理財手冊》，希望對那三名搶匪以及有志從事此行的新手能有所助益。

《劫匪理財手冊》

一、搶來的錢不要放在銀行

是的，搶來的錢絕對不要放在銀行。錢放在銀行，除了會貶值之外，更重要的是因為你會搶錢，別人同樣也會搶錢，如果自己辛辛苦苦搶來的錢又被別的搶匪搶走，對您而言，簡直是莫大的侮辱。

二、搶來的錢不要購買房地產

千萬不要為了怕錢存在銀行被搶而購置房地產，要知道，買房地產雖然可以保值，但買了房地產之後還會想買家具、家電、再加上管理費、地稅、房屋稅以及還不完的貸款利息，身為一個搶匪，實在沒有理由活得這麼窩囊。

三、搶來的錢不要購買股票

千萬不要為了怕繳房貸利息而購買股票。您應該知道，台灣的股市跟周星馳是拜把兄弟，非常地無厘頭，當所有的專家一致看好的時候，它往往會跌，當所有的專家一致看跌的時候，它卻又偏偏往上飆漲。錢如果放在股市，對於祇懂冒險搶錢而不懂得投機撈錢的您來說，可能很快就會血本無歸了。

四、搶來的錢不要花掉或送人

千萬不要為了怕投機賠本而將搶來的錢花掉。您必須有這樣的概念，「搶匪」可以說是這個社會中的弱勢族群，你們既沒有勞保，「搶匪」這一行也遲遲未納入勞基法，尤其當您老的搶不動

的時候，也絕對不要妄想可以領到退休金。因此，「今朝有酒今朝醉」的做法是行不通的，您必須爲自己的將來預作打算，否則，您的晚景祇怕會十分悽慘。

（退稿原因：說來說去，還是沒說出錢究竟應該擺在哪裡比較好，用這種文章騙稿費，與搶匪何異？）

1997
給我報報之
退稿驚選

女兵日記之 雌雄莫辨版

文◎鐵男

一月十九日——哈，我是第一批到成功嶺受訓的女兵之一呢！這都得拜我老姐臨時鬧腸胃炎所賜，因爲身爲她老弟的我便如此「喬裝」、「易容」，「代姐從軍」去也。一想到要裝十九天的女生而不被人發現，哎喲，我好興奮哦，整晚都睡不著覺。沒想到失眠的不祇我一個，睡我隔壁的阿花也是，不過她是想到跟男友分隔兩地，會不會發生兵變。這有什麼好擔心的？我倒覺得男人滿街都是，丟了再找另一個嘛！像我，男朋友比我老姐還多。

一月二十日——今天起床以後，差點忘了替假胸部灌水，所以整件軍裝看起來鬆垮垮的，班長非常不滿意我的儀容。我趁著大家不注意，把水壺裡的水倒進去，總算過關了。然而這樣一來還是會有後遺症的，譬如說上野戰課的時候，其他的人都可以從水壺裡喝水，祇有我必須兩手交叉在胸前，掩護從假奶吸水的動作。

一月二十一日——阿花一晚上收到二十封信，還是不同男孩寫來的，大家都妒忌死了。這也沒什麼，祇要我願意，還怕沒人給我寫信嗎？礙於現在的僞裝身分，我還是放棄跟她「比男友」的遊戲。

一月二十二日——因爲規定了新的洗澡時間，所以大夥必須想辨法擠在一塊洗澡。這下可苦了我了，我要怎麼藏啊？阿花一直說要跟我同一間洗，眞不夠義氣，害得我在身上拼命抹肥皂，反正肥皂泡泡一多，這些器官看起來都很像。

一月二十三日——晴天霹靂的消息傳出，有人告訴我，原來女生上成功嶺受訓祇是爲了選出「成功嶺之花」，好讓吳京選兒媳婦的！媽咪啊，萬一他選上我叫人家該怎麼辦？我目前雖是女兒身，卻是不折不扣的男兒心！

一月二十四日——今天幾乎穿幫，起因是班長跟我們比賽做伏地挺身，她想嬌滴滴的女孩子絕對比不上她的專業水準，所以便誇口說祇要有人打敗她，便請全班喝汽水。衝著這一點，我就拚了老命跟她槓上了，果然替大家贏到汽水喝；可是班長也直盯著我瞧，想不透爲何我的體能那麼

好，看來以後鋒芒不要太露。

一月二十五日——午覺時阿花偷偷塞給我一條唇膏，幫我上了口紅，我們兩個畫來畫去覺得挺有意思的，所以就傳遍全寢室，每個人都塗了。班長下午看到我們，還很疑惑地說：「怎麼你們才睡個午覺，臉色就好多了？」

一月二十六日——人家說從成功嶺走向成功之路，就寢前我問阿花，結訓之後她想走向哪裡。她說她要走向「紅頂藝人」？！……原來，姐姐鬧腸胃炎的不只我一個。

（退稿原因：你擔心被吳京選上？我們還擔心他老人家看到這一篇日記腦溢血哩！非退不可！）

1997
給我報報之
退稿驚選

最新消息指出——廢省後所得之廢料也將運往北韓

文◎袁詠儀

根據可靠消息來源透露，國府除了要台電把核廢料運送到北韓處理外，還計劃在將來廢省之後，把省廢料也送到北韓處理，預料到時候將引起另外一次國際風波。

消息人士稱，廢省後造成的廢料如留在台灣必污染到其他層級的政府部門，所以有必要把這些省廢料送到國外，而目前最理想的地點，就是也接受核廢料的北韓。但是此計劃立即受到南韓政府的抗議，一位駐台的南韓官員指出，南北韓政府自己早已是充斥著一大堆低效率的冗員貪官，台灣把省廢掉之後，試圖把產生的「垃圾」掃到朝鮮半島，將會對朝鮮民族造成莫大的傷害。

據悉，國際環保團體對省廢料送到北韓一事也表示關注，他們擔心，把一大批官僚送到同一處地方，會造成「瘟室效應」。

（退稿原因：詠儀，你的消息來源搞錯了，爲了避免演變成國際事件，台電將不會把核廢料送到北韓，改爲待廢省之後，把核廢料埋藏在中興新村，一石二鳥。）

1997年2月17日～2月23日

給我報報時事排行榜

三目武夫獨家製作／本周排名

1　鄧小平逝世的新聞。**這一次，各報都登在頭版，所以應該是真的。**

2　股市掃黑，至尊盟遭瓦解。**寄給於勇明這些人的股東大會開會通知書，請逕寄綠島即可。**

3　國代蔡重吉勸進李登輝總統競選連任。**蔡重吉因此多了個「三七仔」的綽號。**

4　車商全面召回富豪960汽車檢修。**各位車主，只檢修，不包括免費洗車，我們已經問過了。**

5　職棒八年揭幕。**許多賭場的「職棒八年下注部門」也在同一天揭幕。**

6　美國在台協會前主席鄔杰士指控在台協會不法情事。**鄔杰士當主席時不管這些事，因為忙著勸台商捐錢。**

7　台視氣象主播任立渝跳槽中視。**帶走高氣壓，把低氣壓留給台視新聞部。**

8　「台北經驗」的論戰。**有個叫黃大洲的也加入論戰，黃大洲？這名字好熟！**

9　政院決定開放國中生出國讀高中。**這一種越區就讀，通勤的交通工具是飛機。**

10　立委施台生與涉入刑案的兒子脫離父子關係。**恭禧施立委丟掉一個小包袱，更恭禧施小弟丟掉一個大包袱。**

現場傳真／採訪◎李友中

記者：「海基會前文化處處長歐陽聖恩出版回憶錄指出您酒品很差，常在兩岸談判時鬧笑話？」

焦仁和：「這個歐陽聖恩是出賣人格，難道我向汪道涵敬酒時所表演的『雙筷插鼻』絕技，是喝醉的人做得出來的嗎？」

記者：「您酒後特技精彩，爲何兩岸談判仍陷入僵局？」

焦仁和：「都是歐陽聖恩，他忌妒我，老扯我後腿。上次害我把筷子插進肛門的就是他，我已叫他自行辭職滾蛋移民了。」

1997
給我報報之
退稿驚選

不只球員比賽放水，能放水的都在放水

文◎袁詠儀

繼部分職棒球員承認收受黑社會的賄金在比賽時放水後，社會其他一些人士也挺身坦承他們收了黑道的錢而影響到自己的表現。首先出來承認放水的是被指以宗教歛財的宋七力，他向媒體表示，他多次在公開場合都未能展示出他的分身術特異功能，其實是收了黑道的錢，故意放水，不顯示出自己的眞正功力。對此他表示十分內疚，他希望他的信徒能原諒他，他是一時被金錢迷惑了。「全球特異功能聯盟」在獲悉宋七力放水事件後立即表示，將會終身禁止他再使用特異功能，不許他再分身，連分心也不准。

而台灣省政府的若干官員則坦承，他們去年賀伯颱風肆虐時，是收了賄金故意不關水門的閘門，導致放水，因而造成水災。省政府的一位發言人表示，由於廢省在即，所以不會向相關官員追究。

另一方面，台中市的數名警員日前承認，他們上周圍捕悍匪林豐德的時候，在開了八十三槍的情況下依然讓林嫌逃脫，也是因爲收了錢之後放水，不然在警方布下的天羅地網中，林嫌怎麼可能逃得了？在此同時，偵查劉邦友血案和彭婉如命案的檢調人員也先後承認他們收了黑金，在偵辦這兩宗案件時放水，所以才會顯得如此無能，並且在收集證據上錯漏百出和儘是通緝一些與案件無關的人。檢調人員坦承是因爲他們放水，所以兩件大案子才會破案無期，不然歹徒早已就擒了。

對於檢調人員承認放水一事，警務署長王一飛和法務部長廖正豪均強硬的表示，將會依據以往一貫的鐵腕政策，終身禁止受賄員警再打職業棒球，以儆效尤。

（退稿原因：總編輯懷疑妳收了黑錢，在報導時故意放水，不去提我國外交戰經常失利的事。）

1997 給我報報之退稿驚選

特別製作
台灣標準歹徒畫像

文◎本報繪圖部

最近台灣地區頻傳重大犯罪事件，每次案子發生之後，警方都要公佈一次歹徒的畫像，不勝其煩。

《給我報報》爲了節省警方畫肖像的時間與精力，特別根據最近幾次重大刑案歹徒畫像，綜合各歹徒特點，用最新的繪畫技巧，製作出一幅「台灣地區標準歹徒畫像」，刊登於此，日後，民眾如果見長相酷似此畫像之人，不由分說，先報警再講。

（退稿原因：此畫像酷似立法院的羅大哥，ㄇㄚ・ㄉㄜ，《給我報報》的仇家還不夠多啊！）

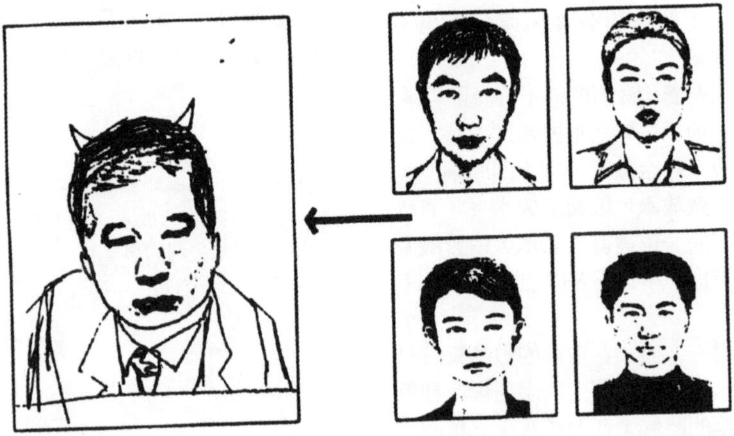

1997
給我報報之
退稿驚選

辭職現場寫眞

文◎周文華

年關將近，領完了年終獎金，大家最想做的是什麼？不是瞎拼，不是採購，許多想在工作上換個跑道的人，都在這個時候遞出辭呈。日前，《給我報報》的記者無意間闖入了某離奇的辭職案現場，並陰錯陽差錄下了案發時的相關對話。由於當時並不知道事情的來龍去脈，祇知兩位當事人姓李，因此錯過了發第一手新聞的機會。不過，我們還是決定發布這段獨家錄音，以維護讀者知的權利。

李：總經理，這是我的辭呈，我想辭職。

李：辭職？幹得好好的，幹嘛要辭職呢？

李：我……我想要尋求挑戰、突破。

李：破？這裡難道不夠破嗎？還有哪裡能比這裡破？

李：李總，不是的，上次省長辭職……

李：噢！人家省長在陽曆年底辭職，你也跟著在農曆年底辭？省長辭職是有原因的，人家要廢的是台灣省，又不是台灣電視台，此台灣非彼台灣，沒有理由跟著辭嘛！

李：總經理，我已經決定了，我是一定要辭的……

李：我絕對不會准的……你說，是哪一家公司要挖你？我幫你評估一下利弊得失。

李：目前有三個地方邀請我，不過我離職不是因為挖角，而是…

李：三個地方？哼！問你你一定不肯說是哪三個地方，不過我猜也猜得出來，TVBS、三立、還有一個……還有一個……該不會是彩虹鎖碼台？

李：不是的，我不會去那裡。總經理，反正我現在還沒決定去那裡，是誰挖我並不重要………

李：還沒決定？阿端啊！你平常做事也很有條理，怎麼事情關己則亂？

李：總經理，我不明白。

李：你叫四端，可知是哪四端？

李：哪四端？我………

李：你一定不知道，這我可有研究，告訴你，你既然吃的是主播這行飯，所以第一、言行要端；第二、儀表要端；第三、操守要端；第四端、也是最要緊的，飯

碗要端，你還沒有找到新的飯碗，就把舊飯碗給砸了，實在不是明智之舉啊！

李：總經理，不管怎麼說，我心意已決，我想效法省長，先休個假………

李：休假？沒問題，這比辭職好辦多了，你就先休個假吧！休幾天都沒關係。對了，你想去哪裡度假？

李：我還沒決定，有三個地方我都很想去，還有，省長在休假期間去過的地方，我統統要去。

（退稿原因：你太讓總編輯失望了，總編輯千盼萬盼，盼到的竟是你的新聞稿，而不是辭呈。）

1997年2月24日～3月2日

給我報報時事排行榜

三目武夫獨家製作／本周排名

1　立院通過二二八爲國定假日。**利用假日，有些人集會紀念先人被殺，有些人集會紀念先人殺人。**

2　監察委員蔡慶盼祝涉嫌貪瀆遭收押。**以後監獄（不是監院）的蒼蠅歸蔡委員打，大家不要跟他搶。**

3　北市十四、十五號公園拆遷戶抗爭事件。**整件事最感人的便是，幾十年沒人聞問的老榮民們，終於得到一票政客的關心。**

4　北高兩市開始實施醫藥分業。**很多醫師也開始用鐵鍊把處方箋跟收銀機鎖在一起。**

5　羅福助立委當選立院司法委員會召集委員。**往好的方面想，假使有一天司法委員會召集委員被送綠島，新聞不是更刺激好看？**

6　有線電視系統業者與頻道商之間的戰爭。**想想只有三台的時候，就不會太難過。**

7　二二八碑文遭破壞。**我們建議，在碑文無法達成共識前，暫時用彈孔取代文字。**

8　新黨立委朱高正與周荃大打出手。**現場早點亂飛，幸好當天沒有人點鐵蛋當早點，所以沒有造成流血事件。**

9　大霧導致中正機場航空交通大亂。**也導致因霸機而引起的賠償價碼大亂**

10　新版交通罰則開始實施。**照例是賣機車安全帽的業者最支持這種事。**

現場傳眞／採訪◎李友中

記者：「大年初一，呂秀蓮跟陳水扁跑到慈湖謁靈，遭您駁斥爲口是心非？」

蔡璧煌：「我要用一生的力量阻止這兩個台獨分子口是心非，欺騙選票的行爲。」

記者：「聽了您這番話，相信　蔣公在地下有知一定會發出慈祥的笑容。」

蔡璧煌：「記者先生請不要口是心非，首先蔣公還沒下地，至於蔣公的笑——不要騙我你沒看過『倩女幽魂』——你就別口是心非了。」

給我報報1997年鑑

1997
給我報報之
退稿驚選

本報獨家披露 鄧小平的遺囑

編按：

中共領導人鄧小平過世的消息傳出之後，本報全體同仁立即冒著九死一生的危險，透過祕密管道，取得鄧小平的遺囑，在此披露。

遺囑本來是以簡體字寫成，幸好本報全體同仁再度冒著九死一生的危險，將其翻譯成繁體字，本報讀者才能夠毫無困難地一口氣讀下來。

可見衹要涉及讀者知的權利，本報全體同仁向來都是冒著九死一生的危險爲大家服務。

鄧小平遺囑

自余束髮以來，即追隨毛主席革命，無時不以馬克思列寧與主席信徒自居，無日不為掃除共產主義之障礙，建設無產階級專政之國家，堅苦奮鬥。近四十餘年來，無產階級祖國，日益精實壯大，並不斷對台灣資本主義之邪惡，展開政治作戰，反台獨統一大業，方期日新月盛，全國軍民，全黨同志，絕不可因余之不起，而懷憂喪志！務望一致精誠團結，服膺本黨與政府領導，奉主義為無形之主席，以統一為共同之目標。而小平精神，自必與我同志同胞，長相左右。實踐共產主義，收復台灣國土，復興民族文化，堅守專政陣容，為余畢生之志事，實亦即海內外軍民同胞一致的革命職志與戰鬥決心。惟願愈益堅此百忍，奮勵自強，非達成無產階級革命之責任，絕不中止！矢勤矢勇，毋怠毋忽。

一九九七年二月十九日

（退稿原因：因爲痛不欲生，不小心把稿退掉，純屬意外。）

1997
給我報報之
退稿驚選

鄧小平過世之後的台灣反應

文◎袁詠儀

針對大陸最高領導人鄧小平過世之事，台北市政府日前已商議出對策，老鄧過世期間，北市的青少年將會被禁止在午夜之後在街上無故遊蕩，而國內所有夜生活場所如被發現在午夜仍有青少年客人，將會被立即吊銷營業執照。

此外，交通部表示，將會在老鄧葬禮之前，強力執行騎機車要戴安全帽以及汽車駕駛和前座乘客必須繫安全帶這項規定，絕對不會縱容，而法務部亦暗示，在小平過世七天之後會再給黑道人士一次自首的機會，希望到時江湖人士能好好把握，別再向隅，因爲頭七過後，政府將會進行第三至八十二波的掃黑行動，絕不縱容！

而衛生署則表示，不論鄧死不死，都將會實行醫藥分業政策，不會因任何原因而暫停。

至於教育部則表示，鄧小平死後，女學生上成功嶺受訓的這個特案還是會繼續推下去的。

而行政院則表示，鄧小平雖然逝世，還是會由連戰副總統兼任閣揆一職，在此同時民進黨和新黨則依然堅持死也不讓連戰到立法院做施政報告，管他死的是老鄧還是另個人。

而李登輝總統則表示，即使老鄧已經死了，他也不會批准宋楚瑜辭去省長一職，因爲連戰不可能身兼三職。

（退稿原因：國防部長的反應你又漏掉了，他說「哪個地方不死人？」其實是我政府對小平先生過世的最處變不驚的反應。）

1997
給我報報之
退稿驚選

鄧公崩殂舉世同悲
本報以攝影機記載這
歷史的一刻

文◎拿破崙

圖一：二月二十日清晨，國人驚聞最高領導人鄧公崩殂噩耗，紛紛自動前往中南海官邸致哀。絡繹不絕的人群，不分男女老少，均帶著悲悽面容，或簽名致唁、或痛苦哀號、或鞠躬默悼、或肅立致敬，充分表現國人對最高領導人逝世的悲痛。

圖二：江主席澤民（右三）率黨中央大員在靈堂行禮致哀。

圖三：鄧夫人暨孝家肅立靈堂內兩側致哀。

圖四：偉大領導人鄧公遺體準備移往北京市人民大會堂以供國人瞻仰致敬。

圖五：鄧公靈車經過之處，都呈現一片憂傷與沈痛，北京市民爲了表現對偉大領導人之崇敬與哀悼，遍處恭設香案，跪拜恭迎靈車。街邊巷口，懸掛無數白紗輓幛，敬悼偉大領導人鄧公之喪。

圖六：瞻仰遺容的民眾來自各地，其中包括知識分子、工人、農民和少數民族，這些民眾都扶老攜幼，低首含悲的依次進入禮堂。據調查顯示，在瞻仰鄧公遺容的期間內，全中國的大型汽車幾乎被敬悼團體租借一空。

圖七：鄧公子女在人民大會堂靈堂，含著悲痛的心情，慰勉瞻仰遺容之青年。他們均對鄧公遺族保證「化悲痛爲力量」，爲國效忠。

圖八：發自內心的哭泣，表露了國人對領導人的崇敬與愛戴之忱，也顯示了領導人與國人親如家人的誠摯情感。

（退稿原因：以後如果忘記去拍照片，就不必多此一舉寫圖說了。）

1997
給我報報之
退稿驚選

如何把慈湖變成觀光勝地

文◎翁健偉

桃園縣長侯選人呂秀蓮跟她的競選總幹事陳水扁兩人突發奇想，主張把慈湖、大溪兩地的陵寢規劃成觀光勝地，替桃園縣吸引遊客、廣增財源，同時又能讓世人多多認識兩位蔣先生。這點子雖然滿有創意的，但是該怎麼設計，才能把慈湖變成好玩的地方呢？請看我們的建議。

◆**洗手間**　大陸的「岳王陵」不是有擺設跪在地上爬的秦檜雕像，好讓大家在上頭尿尿洩恨嗎？同樣的道理，慈湖的洗手間也該如法炮製，將小便斗設計成毛澤東的塑像，張大嘴巴等著人來尿尿；馬桶採用毛婆江青的造型，也是張著大嘴等人來蹲大號。至於衛生紙嘛，簡單，就做一本本的《毛語錄》供人撕下來擦屁股，充分表現蔣公漢賊不兩立的態度。

◆**人工溪流**　顧名思義，慈湖雖然已經有個現成的小湖，養了幾隻天鵝，不過那都不夠看。應該蓋一條人工溪流，讓遊客站在兩岸，觀賞魚兒逆流而上的奇景，激發大家向上的意志力，就跟當年偉人小時侯的遭遇一模一樣。不過要讓小魚做出逆流而上這類不正常的舉動有點困難，最好是請動物訓練專家，進行大規模的培訓，免得到時候大家會覺得蔣公根本是在唬爛，瞎掰童年故事騙人。

◆**西安事變虛擬實境**　儘管西安事變的眞相遲遲搞不清楚，歷史學家也莫衷一是，但是一代偉人面對困難險阻毫不驚慌的精神，應該讓後人效法。所以採用最新的電腦「虛擬實境」技術，複製當年的緊張氣氛，讓使用者身歷其境感受一下。如果遊客懂得當場「曉以大義」，就可以解除危機；如果不曉得怎麼辦，別緊張，會有打扮成蔣夫人模樣的女工作人員前來解圍，讓人們瞭解他們夫妻伉儷情深，令人動容。

◆**夜景**　前陣子電影公司不是爲了宣傳造勢，用探照燈將中正紀念堂變成了黑白花斑點嗎？這個主意簡直是棒透了，應該把它移植到慈湖，一定也很有看頭。到時祇要天色一暗，立刻用強力投影燈打上黑白斑點，保證又有另一番風情，「看！看！蔣公出疹

子了」，讓遊客留連忘返。

◆**老婆餅** 每個遊樂區都要有飲食服務，一來方便遊客，二來多賺一筆，這裡也不可例外，所以要販售老婆餅。爲什麼不賣太陽餅而賣老婆餅，簡單，因爲蔣公生前娶了好幾次老婆，他的死對頭毛澤東又喜歡把自己比擬成太陽，所以當然不賣太陽餅囉。不過這種「老婆多多益善」的風氣現在已經不鼓勵了，但是多吃幾盒老婆餅倒是有益無害的。

（退稿原因：點子是要賣錢的，價錢都還沒有談好就把點子都講出來，你吃撐了呀？）

人工溪流
老婆餅
西安事變虛擬實境
慈湖
觀光度假遊園區

中華民國八十六年

1997

三月

格言

三姑六婆七嘴八舌

三月初三日

初八立春

己卯占大門

2.1

喜神：東北
財神：正北
日煞：西方
日沖：雞66歲

不宜
修造
入宅

宜
開市 嫁娶
安床 牧養

1

星期日

給我報報1997年鑑

日	一	二	三	四	五	六
1	2	3	4	5	6	7
8	9	10	11	12	13	14
15	16	17	18	19	20	21
22	23	24	25	26	27	28

本月大事記：

1. 獨家披露在鄧小平追悼大會上所唸之悼詞原稿
2. 在台協會傳出性騷擾案，屬美國家務事我國不管
3. 教育部長吳京的祕密武器——巡迴中國馬戲班
4. 天空的雲彩是伍澤元的最愛
5. 蔣夫人過壽，好萊塢開心

1997年3月3日～3月9日

給我報報時事排行榜

三目武夫獨家製作／本周排名

1　北市拆除十四、十五號公園預定地地上物。**怪手也把阿扁市長的聲望拆掉一大塊。**

2　國代蔡永常被押送綠島。**可在綠島宣揚李總統的憲改理念。**

3　新黨開除朱高正黨籍。**這是預告片，正片要等老朱回國之後才會上演。**

4　立院三讀通過菸害防治法。**日後鬱卒的立委如果要抽煙，得到立院大樓外面去抽。**

5　國民黨海工會幹部吳道明和張祿中涉入間諜案被捕。**我們不能接受有這麼不英俊的人去當間諜的事實。**

6　內政部長林豐正表示法律未限制李總統再競選連任。**同一法律其實也沒有限制林豐正不要去當太監。**

7　立委顏錦福助理邱朝泉涉嫌勒索三光吉米鹿。**顯然以為三光吉米鹿跟梅花鹿一般溫馴好欺負。**

8　政治大學男生宿舍傳出男女學生共浴事件。**往好方面想，至少他們不會因為瓦斯中毒而發生不幸。**

9　教育部長吳京提出組團重遊孔子周遊列國路線的構想。**構想新穎，可是只要台灣商人來主辦，最後還是可能搞成孔子周遊列國買春團。**

10　複製聲中農委會表示台灣早有複製豬。**這我們可以證明，請大家看看那些為奸作歹的公職人員、民代和奸商便得了。**

最新消息：

給我報報之採訪記者李友中，日前家中突然跑來一頭複製豬，李友中本人忙著替豬以及自己洗澡，本週現場傳真暫停一次。

1997
給我報報之
退稿驚選

獨家披露 在鄧小平追悼大會上所唸之悼詞原稿

編按：

中共日前爲已故的鄧小平舉行追悼大會，《給我報報》繼取得鄧小平遺囑之後，再度透過特殊管道，取得追悼大會上江澤民所唸的悼詞原稿，由於悼詞原稿文太長，本報祇節錄其中一小部分。

同志們、朋友們：

今天，我們在首都人民大會堂舉行追悼大會，極其沈痛地（此處請澤明同志做出哽咽狀）悼念敬愛的鄧小平同志（深呼吸，企圖讓心情穩定狀）。我國遼闊疆域各個地方的工廠（用榔頭敲釘子狀）、農村（插秧狀）、商店（對顧客微笑狀）、學校（唸書狀）、連隊（刺槍狀）、機關（埋首上班狀）、街道（瀏覽櫥窗狀）的廣大人民群眾，此時此刻，也都同我們一道，緬懷鄧小平同志的豐功偉績（拿出手帕）和崇高風範，寄託我們的哀思（用手帕拭淚）。

幾天來，全國各族人民……為中國失去了鄧小平這樣一位偉大人物，感到無限悲痛（飲泣，然後用手帕擤鼻涕）。……也為世界失去了這樣一位偉大人物，表示深切哀悼（抬頭做無語問蒼天狀）。

中國人民愛戴鄧小平同志，感謝鄧小平同志，哀悼鄧小平同志（此處要情不自禁，眼淚奪眶而出），懷念鄧小平同志，是因為他把畢生精力和心血都獻給了中國人民（掩面做痛苦狀，至少十秒鐘），……如果沒有鄧小平同志，中國人民就不可能有今天的新生活（作抽搐狀），中國就不可能有今天改革開放的新局面和社會主義現代化的光明前景（開始嚎啕大哭）。

鄧小平同志是……是偉大的馬克思主義者（握緊右拳在空中飛舞），偉大的無產階級革命家（右拳重捶演講桌面）政治家（左右拳同時重捶桌面）、軍事家（右腳用力蹬講壇）、外交家（雙腳輪番用力蹬講壇），久經考驗的共產主義戰士（一邊捶桌一邊蹬講壇）、中國社會主義改革開放和現代化設計的總設計師（全身興奮而生痙攣）、建設有中國特色社會主義理論的創立者（仆倒在地全身抽搐）。

在中國共產黨歷史上，……「文化大革命」是社會主義時期我們黨歷史上的嚴重錯誤，鄧小平同志受到錯誤批判和鬥爭（此處開始不停用手帕擦眼淚），被剝奪一切職務……由於整頓的深入勢必系統地糾正文化大革命的錯誤，鄧小平同志又被指責為搞「右傾翻案風」(身體微微右傾)，再度地被錯誤地撤銷一切職務（此處開始擰手帕，擰出一大攤水）……粉碎「四人幫」、結束「文化大革命」後（此處再不退稿，不知要被騙走多少稿費）…………。

(退稿原因：最後一段講得很清楚。)

NG!
很久沒見過了，
呵呵呵呵呵呵…
哇~!
酷~
演技派的喔!

1997
給我報報之
退稿驚選

在台協會傳出性騷擾案
屬美國家務事我國不管

文◎袁詠儀

根據外界消息來源透露，美國在台協會楊姓男子涉嫌強暴鄧姓女子一案，完全是一場誤會，因爲當時楊的行爲其實是替鄧姓女子進行愛滋測試。楊在與她進行性行爲後，便立即往醫療診所檢驗自己有沒有愛滋病，結果發現是陰性，表示鄧女沒有愛滋病，因而順利獲發簽證。鄧女當時不明白這項驗ＨＩＶ病毒的措施，所以誤以爲被強暴。

消息來源稱，後來ＡＩＴ的簽證部覺得並非每一個申請者都值得這樣去做檢驗，有時眞是檢驗得很勉強，後來索性一律收黑錢算了，因而終止了這項檢驗措施。

至於爲何一個中華民國籍的男人涉嫌在中華民國土地上強暴一名中華民國籍的女人竟會變成美國的「內部」問題，同一個消息來源解釋說，因爲楊氏進入了鄧女的身體，所以當然是內部問題了，但由於中華民國祇有內政部，沒有內部，所以此案祇好交給美國處理。而且假如中華民國也插手調查，可能會被美方指責我國在搞「兩個美國」，我國整天被中共罵在搞兩個中國已經非常頭痛，實在沒有必要再製造麻煩。

（退稿原因：《報報》很多女同事的簽證還沒有下來，此時不宜去惹ＡＩＴ。）

1997
給我報報之
退稿驚選

後鄧小平時代開始
一大堆事令人鼻酸

文◎翁健偉

話說中國大陸的領導人鄧小平同志，已經於二月十九日晚上去世，緊接著在二月二十五日晚上舉行了告別式，歷史也進入了「後鄧時代」。想知道「後鄧時代」發生了什麼事嗎？請看追蹤報導。

●首先，外界一致相信，鄧小平的私人醫生，甚至整個醫療小組已經遭到屠殺滅口。爲什麼敢這樣大膽推論？很簡單，中共當局絕對無法坐視讓《毛澤東私人醫師回憶錄》的醜聞重演，讓這些人以後跑到美國去寫書大曝內幕，萬一又出一本《鄧小平私人醫師回憶錄》，中南海就無地自容了，所以第一個倒楣的就是他的醫療人員，想到這麼多人要追隨他而去，眞讓人忍不住鼻酸。

●在北戴河、長江、黃河水面上，突然出現大量的鄧小平芻像，在水中載浮載沈，霎時蔚爲奇觀。根據瞭解，這都是懷念鄧小平的民眾自動自發的舉動，他們說：「因爲主席生前最喜歡橫渡游河了，所以我們想盡辦法，也要讓他游這最後一次。」場面頗爲感人，讓人忍不住鼻酸。

●在鄧小平的告別式上，除了各界黨政軍要員以外，還有一大群不請自來的黑貓，牠們也跟著一塊弔祭，頗通人性。黑貓們表示，牠們之所以能有今天，全靠鄧小平同志當年的一句話：「不管黑貓、白貓，祇要會追老鼠的，就是好貓。」所以牠們才擺脫了「不祥之物」的包袱，免除被人喊打的命運，這都要歸功小平的功勞！貓咪們用情之深，讓人看了忍不住鼻酸。

●近來被查出涉嫌向美國民主黨非法捐款的中南海當局，也把握此時機，對外宣稱：「這些錢都是小平經手的！去問他！去問他！」企圖把一切撇個乾淨。由於死無對證，一想到小平在天之靈，身後還留下這筆糊塗帳，眞叫人忍不住鼻酸。

（退稿原因：你又不是大陸問題專家，竟妄想藉此機會大賺稿費，你這種發死人財的行徑，才令人鼻酸。）

1997年3月10日～3月16日

給我報報時事排行榜

三目武夫獨家製作／本周排名

1　遠航班機遭乘客劉善忠劫持至大陸。**沒關係，可以散佈他是雙面間諜的謠言。**

2　呂秀蓮當選桃園縣縣長。**不知道殺劉邦友縣長的兇手投給誰？**

3　立委朱高正遭黑函檢舉性騷擾。**何必檢舉，反正新黨要是有事也都經由內部處理掉，與國法無關。**

4　上大電信宣布倒閉。**投資人競用二哥大電話傳佈此不幸消息。**

5　朝野立委召開記者會要求羅福助退出司法委員會。**比要求老鼠退出穀倉都要難。**

6　醫師與藥劑師立院門口對峙。**現場火藥味（不是藥味）很濃。**

7　高市國際商工數百名學生聲援三名被解聘教師。**算準看在學雜費收入份上，校長不敢開除他們。**

8　尤清等三人因賀伯颱風遭監院彈劾。**可見颱風尾可以拖得很長。**

9　中視曠湘霞跳槽風波。**劉泰英硬是要蘇起改名叫蘇落。**

10　江丙坤去電捷運局抱怨施工路面不平。**害他因為路面顛簸，顛出一個「周休二日」的結論，被徐立德罵。**

現場傳真／採訪◎李友中

記者：「您建議女性防暴第一招『瘋狂地用力捏住對方的蛋蛋』，只要具備這種狠狠的勇氣即可提升女性自覺？」

何春蕤：「怎麼樣？記者先生，你不同意？（手掌一開一闔，指頭關節鏗鏘作響）」

記者：「是……全部捏碎……還是蛋黃和蛋白分開？」

何春蕤：「一粒捏碎，另一粒分開。」

1997
給我報報之
退稿驚選

在全球複製聲中一篇不複製他人論調的報導

文◎周文華

繼英國愛丁堡複製羊成功後，美國奧勒岡州亦傳出利用胚胎複製出與人類同屬靈長類的猴子，隨著科技的發展，「複製人」不再衹是科幻小說中的幻想情節，隨時有可能在眞實的世界中被實現。

「複製」突然間成了大街小巷中最熱門的話題，有幸的是，在這一波「複製熱」中，台灣並沒有缺席，我們在複製上的成就，亦不讓老外專美於前。

除了近期傳出豬隻複製成功外，很少人知道，台灣其實很早就已在「複製」的領域中投注了不少的心血，這其中包括了：書籍、錄音帶、錄影帶、電腦軟體、商標……等等的複製，甚至我們連總統也是一任又一任的複製下去，這些複製品雖然都是沒有生命的（按，現在的總統是有生命的，但以前的總統都已經沒生命了），然而不能因此就抹殺了台灣在這方面的成就。

複製人所衍生的問題是多面性，現在有些國家已經開始深思是否應立法明文禁止人類的複製。這除了是因爲複製人牽扯到違反道德、違反自然等具爭議性的話題外，另一個主要的原因，恐怕還是由於人類對於不可掌握的未知的恐懼感，想想想想想想想想相想想想（看，這麼多個複製品的「想想」，其中還包含了一個基因突變，這稿費有多可怕），如果同時有兩百多個複製的伍澤元在獄中喊冤，這衝天的冤氣，將會爲人類帶來什麼樣的災難？

其實複製技術的存廢亦頗具爭議，人類先天的潛能中，便具備了自我修正的複製能力，台灣人尤甚。眾所皆知，在台灣衹要爆發了一樁弊案，就會接二連三地複製出許許多多的弊案；立法院衹要出現了一隻公狗，就會跟著複製出一隻母狗。單一的細胞（是「細胞」，請不要誤唸成「新黨」）能夠分裂出兩隻性別相異的狗，讓我們不禁讚嘆大自然造物的巧妙，如此精密複製的技術絕非任何科技可以達成，連老外也衹能瞠乎其後了。

另一個值得深思且十分嚴肅的問題則是，讀者總該聽過「食髓知味」這句成語，所以，想想想想

給我報報1997年鑑

想想想想想想想想……

（退稿原因：嘿！你以爲同樣的一篇新聞稿傳眞兩次就叫「複製」？您以爲這樣我們就會爲你寄上兩份的稿酬？你以爲……）

1997
給我報報之
退稿驚選

教育部長吳京的祕密武器巡迴中國馬戲班

文◎盧郁佳

教育部長吳京在教育部會議中指出，現代社會風氣敗壞，是提倡孔孟思想的好時機。李登輝總統曾向他提示，希望重走一遍孔子周遊列國的路線，體驗孔子心情，再以說故事方式向國人講述，以達心靈改革的目的。吳京表示他打算親身實行。

此間認爲，吳京部長仿效孔子周遊列國求仕的計劃一旦成功，他將成爲史上唯一身兼「兩個中國」教育部長的官員，而台灣承認大陸學籍的問題，也將迎刃而解。雙方不必再爲討論交叉承認而曠日廢時，祇要部長打個噴嚏，兩岸的學籍文件馬上飛得一地散在一起，根本分不出彼此。而兩國的教育部也將成爲史上唯一設在巴士上辦公，還附有一輛流通廁所的部級單位。

中視「大陸尋奇」節目製作單位也對吳京放出「部長之旅」風聲甚表興趣，表示願意用主持人交換，請吳京到大陸南北介紹風俗民情；而由熊旅揚擔任教育部長，也許教育會有點起色。吳京則表示仍在考慮中，因爲「江山萬里情」也請他擔任外景主持。

吳部長究竟是對彼岸政治職位或演藝事業有興趣？據教部僚屬表示，可能兩者皆非。據說部長近日都鎖上個人辦公室的門，在裡面揮汗練踩皮球頂碟子、持紙傘耍小球行走。幕僚說部長其實最想組一支巡迴馬戲班穿川過省表演，讓沒看過台灣熊的大陸同胞開開眼界，見識一下史上最熊的教育部長。

（退稿原因：他奶奶的熊，受不了了，退！）

1997年3月17日～3月23日
給我報報時事排行榜

三目武夫獨家製作／本周排名

1 全省十縣市成為口蹄疫疫區。**令人安慰的是，農政官員都沒染上此致命疫病。**

2 達賴喇嘛訪台。**台灣一邊歡迎他，一邊西眺中共有沒有搞軍事演習。**

3 省發會。**亦稱梁山泊大會。**

4 省議員顏清標胞弟顏清金放話要殺楊天生。**立即的影響是，楊家開的賭場都沒有人敢去了，以免被誤殺。**

5 郁慕明指控朱高正是國民黨的抓扒子。**情治機關的文件輕易流到郁慕明手裡，可見情治機關裡充斥著新黨的抓扒子。**

6 監察院彈劾監委蔡慶祝。**你彈劾你的，人家蔡委員每天考核監獄伙食忙得很哩！**

7 新黨內訌。**很少看到這種竟然沒有中場休息時間的長戲。**

8 李遠哲批評教改預算灌水。**難怪教改的火苗都被澆熄了。**

9 行政院徐立德副院長指女性勞工產假過長的談話。**還好不是嫌女性勞工懷胎十月太長。**

10 成功大學「婚姻與家庭」課程「實習夫妻」風波。**實習費裡不包括保險套的費用，難怪會起風波。**

現場傳眞／採訪◎李友中

記者：「被新黨開除黨籍，有何感想？」

朱高正：「你沒讀過莎岡『日安・憂鬱』吧？新黨沒有開除我，是我朱高正開除新黨。」

記者：「今後您將何去何從？」

朱高正：「我一再試用海倫仙度絲，頭髮都無法跟吳淡如一樣飛揚起來，（哽咽），新黨沒有開除我，是我開除了新黨，是我！是我！」

1997
給我報報之
退稿驚選

例子舉的不是很好
可是馬謖已經被斬

文◎周買銘

新黨在開除朱高正黨籍後，王建瑄一度以「揮淚斬馬謖」來形容自己的心情，但隨後又以「舉的例子不好」否定了自己的說法。

究竟「揮淚斬馬謖」有什麼不好？一位分析家指出，王建瑄引用了三國時代諸葛亮斬馬謖的典故，似乎將自己暗比爲諸葛亮，這是十分不妥的。要知道，諸葛亮事必躬親把自己累了個半死，「出師未捷」又讓自己落個全死，「引用這樣的形容詞」，分析家說：「不祥啊！」

而從另一個角度來說，新黨黨內想斬「馬謖」的人何其之多，在整個法場的行刑過程中，似乎衹看到爭相「揮刀」的黨員，「揮淚」的則半個也沒有，所以眞要形容的話，也應該用「含笑斬馬謖」，或「含笑斬馬鹿（日語）」之類的形容詞，「揮淚」云云，是無論如何也說不過去的。

（退稿原因：「揮淚」也有可能是因爲「喜極而泣」，並沒有什麼不妥。）

1997
給我報報之
退稿驚選

天空的雲彩是伍澤元的最愛

文◎劉佳榮

四汴頭弊案，台灣高等法院昨日首次開庭調查。被一審判處無期徒刑的前屏東縣長伍澤元，嚴詞抨擊一審法官係有陰謀地羅織入罪，「一審判決書就像天空的雲彩」。承審法官訊後諭令將伍澤元還押，三月下旬再開庭，於是我們把握這段空檔，採訪伍澤元。

記者（以下簡稱「記」）：聽說伍夫人在法庭外向記者表示，你患有糖尿病因此希望合議庭能准許交保。

伍澤元（以下簡稱「伍」）：吃多、喝多、尿多，天空的雲彩是棉花糖，軟軟甜甜的。

記：聽說小小的法庭擠滿了你和另五名被告、被告親友、律師及記者。

伍：天空的雲彩是寬敞舒適的法院，判死刑都甘願。

記：聽說聲援你的屏東鄉親則被法警阻擋在法庭外。

伍：天空的雲彩是可愛的鄉親，一輩子受騙也無怨無悔。

記：聽說連你在內的所有被告均否認犯罪，表示自己被冤枉。

伍：天空的雲彩是誠實的被告，超級大白癡。

記：聽說被告郭雲龍表示，當初業務單位簽公文上來時，他認為有綁標嫌疑曾將全案退回，當時祇有他有意見，沒想到還是被判刑。

伍：天空的雲彩是信這一套的法官，就算判他少關一兩個月，出來被扁還是要再躺一兩個月。

記：聽說鍾太郎捐款給國民黨台北市黨部大安區黨部，黨部再捐款給你，所以當時你不知道錢是誰捐的。

伍：天空的雲彩是鍾太郎的錢，看得到卻拿不到，凝結成雨滴落下來，就拿得到卻看不到。

記：聽說大家看這件案子都不太樂觀。

伍：天空的雲彩是好多年後，自由的那一天。

（退稿原因：天空的雲彩其實祇是伍某每天從牢房窗子看出去唯一看得到的東西。）

1997
給我報報之
退稿驚選

醫師不但應有調劑權，更應有代客泊車等多項權利

文◎本報主筆群

自從醫藥分業的大方向確定之後，醫界有一些醫師一直不肯釋出調劑權，更有醫師爲此上街頭抗爭，好不熱鬧。

本報主筆群做爲一群經常生病的人，自然不敢得罪醫師，這是爲什麼我們要發表此文聲援醫師要有調劑權，以及許多其他的權利。

我們認爲，醫師之所以要有調劑權，因爲假使醫師的配偶沒有事情做，做病人的會更苦，我們眞的不希望在生病的時候還要陪醫師的另一半聊天，我們寧願他們去調劑。

除調劑權，下面這些權利也應爲醫師保留，以保障醫師的收入：

●呼叫計程車權：醫師應該有爲病人呼叫計程的權利，並收取固定的手續費，車行且應在月底向醫師繳交會費。醫師若沒有這個權利，病人出門坐上不肖計程車司機開的車，病情可能會氣得更重。

●代客泊車權：有些病人自己開車來看病，爲了不耽誤病情，醫師應指定自家人代病人泊車，並酌量收取泊車費，不過病人應把值錢的東西隨身帶走，以免因爲遺失而造成糾紛。

●國外旅遊組團權：因爲出國旅遊散心通常也是很好的調理健康方式，醫師當然要插手因這個業務而生的利潤，而且由醫師負責組的團，每個團員一定都會有隨身醫藥包，對於旅遊期間的健康有更多的保障——除非碰到墜機。

●喪葬處理權：「那個診所不死人」以及「不調劑就不會死人嗎」分別是接近國防部和台北市政府的一些診所放出來的話，顯示診所裡病人病故乃自然之事，可是如果不讓這些診所醫師也有喪葬處理權，錢全部都讓葬儀社業者賺走，對醫師來講是情何以堪，到底，病人是死在診所或醫院裡，而不是死在殯儀館裡的呀！

（退稿原因：醫師賺這麼多錢之後，如果去酒店竟然沒有被奉爲上賓的權利，什麼都是白搭，你們這些主筆太不替醫師著想了。）

1997年3月24日～3月30日

給我報報時事排行榜

三目武夫獨家製作／本周排名

1 口蹄疫。**從吃豬肉秀可以同時看出官員的演技和仕途。**

2 達賴喇嘛結束台灣之旅離台。**一票台灣的宗教領袖終於鬆了口氣。**

3 王永慶表示漳州電廠已經開始整地動工。**經濟部警告：戒急放電。**

4 「世界競爭力年鑑」裡我國排名第廿四名。**令人欣慰的是，在非聯合國會員裡，我國的競爭力還是排名第二（僅次於香港）。**

5 新黨召集人行文媒體要求不要用「家變」、「內訌」字眼的風波。**我們只關心，有副豬腦袋的人，也會得口蹄疫嗎？**

6 槍擊要犯涂世雄等掃射彰化警局。**這些人肯定會立刻升級為「將其槍擊」要犯。**

7 廖學廣遭綁架案主嫌鄭信政落網。**聽此消息，天道盟精神領袖略顯精神不安。**

8 南韓瓦斯船撞毀我五二三軍艦右舷。**瓦斯船沒有氣爆，我海軍倒是氣爆了。**

9 北市捷運淡水線通車。**兩個星期免費搭乘，這段時間內台北市民又多了個休閒方式。**

10 一健保藥局擅換處方箋上藥品。**該藥劑師知道的藥品還不少，在校顯然是個好學生。**

現場傳眞／採訪◎李友中

記者：「您在省發會以『匪諜說』炮打中央，立法委員彭紹謹在『國是論壇』要您閉嘴，說您是嚴嵩、魏忠賢之流的人物，竟敢以下犯上？」

宋楚瑜：「正氣歌云在齊太史簡，在晉董狐筆。我要感慨地指出，就算作爲一個傭人，也有講話的權利。」

記者：「什麼時候開始您都自認是傭人了？」

宋楚瑜：「其實我是性奴隸。」

1997
給我報報之
退稿驚選

蔣夫人過壽，好萊塢開心

文◎翁健偉

本週歡度一百歲生日的蔣夫人蔣宋美齡女士，她傳奇的一生很可能就要搬上大銀幕了！《報報》有最新的報導。

話說「阿根廷，別爲我哭泣」在金球獎上得到最佳音樂片的榮耀之後，原班人馬便苦思是否有更好的素材可拍成電影，向更高的藝術成就挑戰。在放棄菲律賓的伊美黛女士之後，製片家日前很高興的宣布，他們找到眞正的女中豪傑——蔣宋美齡。

計劃中，這部電影的故事打算從蔣夫人小時候開始，一直演到她旅居美國時，聽到台灣有位主張把她老公陵寢開放成觀光據點的女士當縣長，氣得發抖爲止。情節不僅反應了近代中國的動盪，也牽涉到北伐、統一、二次大戰、剿匪、在台灣建立復興基地等等動人的事蹟。劇本的高潮之一，是她的先生在政府遷台後「復行視事」，兩人一同站在總統府陽台上，接受大批民眾歡呼、鼓舞的場面，編劇還安排她開口唱出主題曲「中華民國，別爲我高興」，頗有母儀天下的風範。

至於誰來演蔣宋美齡女士呢？製門片說當初他們選擇一個形象不太好的瑪丹娜飾演裴隆夫人，結果出奇制勝，這回也不能例外。他們看上東洋醜聞女王，松田聖子，讓她扮演這位華人社會舉足輕重的女子。另外，也得借助她的魅力，好說服李登輝總統出借總統府，因爲阿根廷外景就是靠瑪丹娜搞定的。雖然反對松田的聲浪不小，有人嫌她誹聞太多，嫌她不會說中國話，嫌她長得根本就不像，導演倒是老神在在：「反正這部片子是要賣錢的。」

由於全劇採取音樂劇的形式，不說台詞，大家都擔心「阿根廷」的原作者安德魯洛伊韋伯能否勝任，畢竟這不是百老匯。有人因此推薦應該找劉家昌，既然他當年能寫出膾炙人口的「梅花」，這種闡述教忠教孝的題材也非他莫屬，不過卻遭到製片一口回絕。因爲劇本並不打算一味地歌功頌德，相反地，在電影裡，反倒打算提出長期以來眾人對她的一連串疑惑，例如：嫁給禿頭開心嗎？「西安事變」眞的是靠她搞定的？她怎麼捨得拋下在中國

打戰的老公，一個人在紐約募款？她跟蔣方良有婆媳情結嗎？她用哪個品牌的化妝品？她支持婦解運動嗎？她跟希拉蕊哪一個比較兇悍？還有，士林官邸開放成花園，她恨陳水扁嗎？

這麼多的問題，都可望於這齣眾所矚目的新片中得到解答，因此，「中華民國，別為我高興」，日後必是影壇一大盛事。

（退稿原因：本來是要給老夫人一個驚喜的，你卻一字不漏的寫出來，眞讓人掃興。）

1997
給我報報之
退稿驚選

政治武俠小說——江湖一把黑（中）

文◎平江不笑生

話說新黨眾當家將朱高正打出了黑山崖，滿以為從此可以取代少林，統率江湖。不料，斜刺裡飛出一蒙面青衣人，甩出一條五彩斑斕的五蛛童軍索，纏住了朱高正的左足，眼看只要略一運勁，朱高正便可免了這粉身碎骨之劫。

一百二十八當家郁慕明見此情狀，大喝一聲：「惡賊休想救人。」當下新黨黨眾飛蝗石、鐵疾藜、黨規等諸般暗器紛紛出籠，齊往青衣人身上招呼。青衣人趕忙使出千斤墜功夫，緊接一招笨驢打滾，避開迎面而來的暗器，崖外的朱高正卻已險象環生。

郁慕明不待蒙面人伸出援手，當即拔劍上前，指著蒙面人道：「新黨今日於此清理門戶，閣下為何橫加阻撓，卻又不敢以眞面目示人？」

蒙面人悶哼一聲，嘶啞著嗓子道：「一百二十八當家自詡為名門正派，卻致力於誅戮異己，此與魔教教主李登輝何異？」

郁慕明聞言不怒反笑，道：「哼哼！一百四十五當家，你以為蒙著面老夫便不知你是誰？魔教教主李登輝？閣下未免忒也瞧得起老夫了。」

一百四十五當家李慶華見身分己敗露，當下揭下臉上面紗，道：「一百二十八當家且莫多疑，這面紗是用來保護痘痘的。」

郁幕明道：「明人眼前不說假話，誰不知你一百四十五當家覬覦教主之位久矣，明為救人，實為奪權而來。哼！我勸你還是死了這條心吧！」

李慶華怒道：「一百二十八當家莫欺人太甚，你在黨內專斷跋扈已久。眾人怕你，難道連我這創黨元老也沒有說話的餘地？」

郁慕明「哈哈」兩聲道：「好極，好極！一百四十五當家不愧為魔教出身。這手黑砂掌的抹黑功夫可是練到爐火純青之境。閒話少說，咱倆手底下見眞章，看看是誰的黑砂掌功夫練得好。」

李慶華道：「閣下莫非忘了自己也是出身於魔教？見眞章便見眞章，難道我會怕你不成？」

郁慕明更不打話，一招「望你早黑」便往李慶華臉上抹去。李慶

華將繫著朱高正的五蛛童軍索踏於足下，舉左臂一格，右手自左脅下穿出，一招「天下爲黑」按向郁慕明的腰際。郁慕明不及自救，當下使出一招「同歸於黑」，朝李慶華胸口打去，逼得他回手自救，化解了攻勢。便在此時，山下望哨的黨眾傳來「許長老到」的呼聲，卻原來是新黨長老許歷農到來。兩人當下暫且罷手不鬥，靜待其變。

究竟許長老來此番前來是為勸和？抑或偏袒某方？朱高正性命又將如何？但看下回分解。

（退稿原因：一篇只有「中」而沒有「上」、「下」的武俠小說，絕對不是好小說。）

中華民國八十六年

1997

四月

1

四月初四日

初八立春

己卯占大門

2.1

格言

四體不勤五穀不分

喜神：東北	不宜
財神：正北	修造
日煞：西方	入宅
日沖：雞66歲	
宜	開市 嫁娶 安床 牧養

星期日

給我報報1997年鑑

日 SUN	一 MON	二 TUE	三 WED	四 THU	五 FRI	六 SAT
1	2	3	4	5	6	7
8	9	10	11	12	13	14
15	16	17	18	19	20	21
22	23	24	25	26	27	28

本月大事記：

1. 台省爆發口蹄疫，新黨爆發口角疫
2. 如果副總統可兼行政院長，總統應該也可兼桃園縣長
3. 楊天生否極泰來，有女生誓死追他
4. 江澤明的講話引發反彈，可見政治與物理互相印證
5. 達賴還好走得早，不然通告接不完

1997年3月31日～4月6日

給我報報時事排行榜

三目武夫獨家製作／本周排名

1 油價調整2.97%。**不過賣給經濟部長王志剛的油不漲價，因為他說不漲價，誰敢漲價賣給他？**

2 王永慶承諾漳州電廠投資案不偷跑。**《給我報報》全體員工相信他老人家的話。**

3 口蹄疫。**農委會主委邱茂英趕注了不少疫苗，所以沒事。**

4 羅福助的兒子羅明才刊登「背影」的公開廣告信。**遺憾的是，忘記提父親的背上是否有刺青。**

5 美國眾議院議長金瑞契旋風式訪台。**來去如風，害得我們都沒有時間去繳政治獻金。**

6 宋楚瑜在省議會的施政報告。**可是很多人認為他應該作不施政報告才對。**

7 施明德坐牢。**出獄之後又可出一本書。**

8 國民黨修憲諮詢小組有關總統擴權的條憲討論。**先討論出一個餿主意，再討論誰應該出面頂罪。**

9 國民黨中常會呼喚宋楚瑜回去開會。**要人家回去，可是又不先撤走中常會門口的十八銅人陣。**

10 周大觀小朋友的抗癌故事。**也是達官顯要如何利用病童大做形象廣告的故事。**

現場傳真／採訪◎李友中

記者：「您知道大台北華城污染台北地區水源嗎？」

華城李姓住戶：「知道，一想到我每按一次沖水馬桶台北地區就有人喝到一口，心裡很不安。」

記者：「您要如何贖罪？」

華城李姓住戶：「我盡量忍，忍不住了就衝下山直奔同事周文華家解決。」

1997
給我報報之
退稿驚選

台省爆發口蹄疫 新黨爆發口角疫

文◎翁健偉

正當全台灣的養豬業者陷入口蹄疫的愁雲慘霧、一愁莫展時，新黨也爆發了嚴重的家變風波，而且有越演越烈，各說各話的趨勢。究竟這股「口角疫」是如何產生的呢？其餘政黨該如何防治？這就是我們今天關心的重點。

正如口蹄疫一樣，口角疫的形成也是因爲平日對防疫的工作掉以輕心，才會釀成現在不可收拾的局面。它的傳染可分經由空氣（對著媒體亂放空氣）、飲水（亂噴口水）、行爲接觸（用豆漿、蛋餅互相投擲）等途徑，達到發病的目的。罹患口蹄疫的特徵是嘴巴附近會長出水泡，病情嚴重者四肢上的蹄會脫落，倒地不起；口角疫的特徵則是先召開記者會炮打黨中央，搞鬥爭，然後在立院黨團會議上開打。但是不要緊張，口角疫不會導致任何器官的脫落，更不會鬧出人命，頂多有人被開除黨籍而已。

至於該怎麼隔離，才能控制病情免於擴大的危機呢？罹患口蹄疫的家畜必須撲殺、消毒、焚毀、掩埋；口角疫就比較簡單了，趕緊召開全委會，劃清界線即可。但是要小心人家死不認帳，互揭瘡疤，此刻趕緊指摘對方是「特務」、「台奸」、「職業學生」，反正就是把一堆在戒嚴時期的特有產物拿出來嚇人就對了。

至於疫苗的部份，口蹄疫目前還仰賴農委會加快腳步，從國外進口；口角疫則有賴許老爹的斡旋，還有義工大敲邊鼓，此外，在疫情尚未被掌握之前，大家不妨多唱唱「大地一聲雷」給自己打氣。

（退稿原因：口角疫的防治祗有一種——在嘴巴上貼膠帶。這麼簡單的常識你都不懂，還敢跑新聞。）

1997
給我報報之
退稿驚選

多一事不如少一事，報報決定忍辱舔陳癸淼屁眼

文◎戴奧辛

爆發嚴重家變的新黨，內×越演越烈，而且越演越醜陋。許多政治觀察家相信，這一次的新黨×變，算是徹底把一直標榜自己形象有多清新的新黨面具戳破。

其實新黨會走上×訌的路，一點也不令人驚訝，因爲這些人以前都是國民黨員，在國民黨內有很好的內訌經驗（因爲是國民黨的內訌，所以可以寫出「內訌」兩個字，爲了一洩不能寫「內訌」的怨氣，本人要在此痛快地寫十遍，國民黨內訌、國民黨內訌、國民黨內訌、國民黨內訌、國民黨內訌、國民黨內訌、國民黨內訌、國民黨內訌、國民黨內訌、國民黨內訌，哇，好爽），最後，且在國民黨鬧家變（因爲是國民黨的家變，所以可以寫）的情況下，離開國民黨另組新黨。

原來大家以爲，離開國民黨的新黨，因爲敵愾同仇、風雨同舟，所以一定很團結，不會鬧家×，想不到新黨要員之間的內×新聞，卻是從來不曾少過。

因爲新黨的×變而被掃地出門的，朱高正並不是第一個。曾經與周荃搞×訌，且被周立委拿著報夾追打的李勝峰，就是較早的一個例子，而周與李之間的內×，也是新黨家×史上較爲人津津樂道的一個×訌事件。

新黨的內×不但發生在民代之間，連支持新黨的地下電台也會和新黨搞×訌，要不然就是電台內部的人搞內×，甚至還有電台與電台之間鬧×訌的，非常有趣。

參與×變的分子千奇百怪，而內×的內容也無奇不有，不過大抵還是有脈絡可尋，如下午茶時間的內×常是互潑茶水，而早餐時間的×訌則是互潑豆漿，已婚男黨員之間的內×常以對方私德爲武器，曾留過學的黨員之間的內×則少不了抓扒子話題等等，久而久之，不家×也難。

新黨內×雖然經常發生，不過由於該黨大老陳癸淼最近決定施行新聞檢查制度，因此相信日後有關新黨×變的新聞將不復再見。果眞如此，新黨必將成爲我國政黨史上第一個沒有內×的政黨，而《給我報報》也會是我國媒體史上最乖的報紙，屆時，相信癸

老是會發糖給我們的。

（退稿原因：新黨的內×或者家×再醜陋，也比不過本報的內訌和家變，你的文章說不用就不用，不服的話，星期六下午茶時間會議室見。）

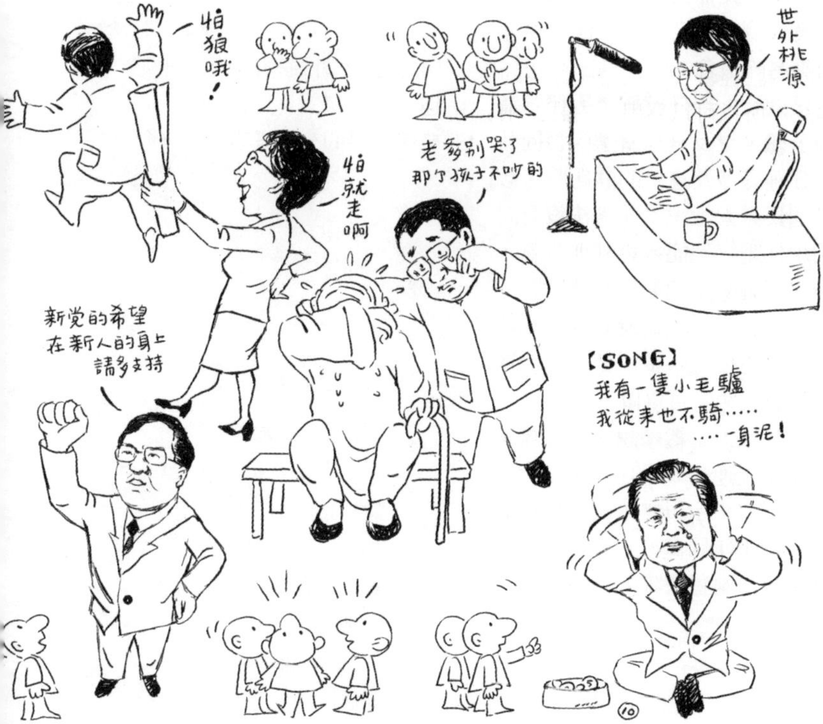

1997
給我報報之
退稿驚選

如果副總統可兼行政院長
總統應該也可兼桃園縣長

文◎袁詠儀

（退稿原因：憲法倒是明白指示，像這種稿子如果不退，總編輯將送綠島。）

爲了保證國民黨在年底選舉時不致重演像桃園縣長補選這樣的「滑鐵盧」，據說國民黨將宣布提名李登輝總統競選下屆的桃園縣長職位。據一名國民黨高層人士表示，桃園縣長補選證明，李登輝光環已黯然失色，所以唯有請李登輝總統親自出馬，國民黨才有獲勝的機會。

當被問及，現任總統應否競選其他公職，以及一旦當選能否同時兼任等等涉及憲法的問題時，該名國民黨人士說：「憲法沒有說明現任總統不能競選其他官職，也沒有說明不能兼任其他官職，大法官會議對副總統兼任行政院長的釋憲便說得很清楚，衹要憲法沒有說明就可以做。」

該國民黨人士繼續說，憲法規定總統衹能連續做兩任，那是指本世紀而言，所以當李總統任期到西元兩千年屆滿後，可以在新的世紀再任兩屆總統。

1997
給我報報之
退稿驚選

與達賴喇嘛訪台有關之三問三答

整理◎周文華

問：前一陣子世界各地風行「尋找前世」，不知道達賴喇嘛有沒有尋找過自己的前世？

答：這個問題有點蠢，達賴喇嘛的前世當然是達賴喇嘛十三世，再前世則是達賴嘛十二世，如此一直推算下去，我們可以知道達賴喇嘛是這個世界上從事同一行業（喇嘛）最久的人，從來沒有換過工作。

事實上達賴從來不為尋找前世操心，相反地，比較讓他感到煩惱的是尋找來世，不但得尋找自己的來世，還得順便幫班禪一起找。

問：有句繞口令：「南方來了個達賴，帶著奶媽去吹喇叭，喇嘛生氣打奶媽，奶媽推倒喇叭，喇嘛還為奶媽吹喇叭。」可是，這次達賴喇嘛卻不是從南方來，而且也沒有帶著奶媽，甚至也沒有吹喇叭，請問，為什麼？

答：這個問題有點蠢，可是，真的難倒我了。經請教其他記者後得知。由於達賴在台的第一場法會是在高雄舉行，所以「南方來了達賴喇嘛」之說應該可以成立。而達賴這次來台有沒有帶奶媽或喇叭？一般認為應該沒有帶奶媽，至於喇叭，則可能是被趙少康給藏起來了。

問：什麼是轉世？

答：這個問題有點蠢，西藏的活佛轉世有兩大系統，達賴始於一五四六年，班禪始於一六四五年。當達賴或班禪圓寂之後，「特搜小組」（不是「超級星期天」的阿亮）必須尋訪靈童，經確認後舉行座床大典，轉世才告完成。

至於如何確認靈童是否爲活佛所轉世？這個問題又難倒了我。經請教其他記者後得知，這的確是一個很難的問題，全報社沒有人能回答，所以，恭禧你，你贏了。

（退稿原因：既然盡是些蠢問題，爲什麼還要浪費這麼多筆墨來回答。）

1997年4月7日～4月13日

給我報報時事排行榜

三目武夫獨家製作／本周排名

1 李總統強調養豬政策不會改變。**政府機構裡的一些豬聽了喜形於色。**

2 競爭力理論大師波特來台演講。**反對成立亞太營運中心，應該不會反對成立亞太演講中心。**

3 中油桃園蘆竹輸油管破裂。**漏掉一大堆剛剛漲價的油，真可惜！**

4 省農會改選賄選案。**施賄者打出「跟者有其甜」的口號。**

5 劉松藩否認運作羅福助選上司委會召委。**換句話說，那你是看不起羅大哥囉！**

6 彰化芳苑農會選舉期間被綁架的鄭明赫證實遭殺害。**殺人者不愧是有農會背景，竟然想把受害者埋在土裡，變成肥料。**

7 「身心殘障者保護法」橫生波折。**施台生的表現，相信很多馬殺雞女郎願意為他做免費的全套服務。**

8 海軍兩軍艦相撞。**因為是在水上，所以雙方無法像兩車相撞一樣跳下船理論。**

9 槍擊要犯林豐德落網。**黑白兩道可以把防彈衣脫掉了。**

10 「電子雞」話題。**簡而言之，電子雞就是一種你無法拿來三杯雞的雞。**

現場傳真／採訪◎李友中

記者：「台灣競爭力從十八名變成二十四名，您有何感想？」

連戰：「名次這種小事我不太清楚，是愈少名愈好，還是愈多名愈好？」

記者：「您這全方位施政憨院長，愈少名愈好！」

連戰：「我們家方瑀在牌桌上的競爭力數一數二。」

1997
給我報報之
退稿驚選

楊天生否極泰來 有女生誓死追他

（退稿原因：馮老總的女友顏青晶移情別戀！這種文章豈能刊登?〉

文◎本報春假工讀生

一波未平，一波又起，繼日前外號「麻仔龍」的顏清金（省議員顏清標「冬瓜標」的胞弟）隔海下達追殺楊天生的指示，顏清金並且親手寫下「追殺令」以示決心之後，一名名叫顏青晶的女子也隔海對楊天生下達「追求令」，並且也親手寫下此追求令以示決心。

顏青晶爲什麼要追求楊天生，「冬瓜標」表示他並不清楚，也不在乎，因爲顏青晶沒有綽號，也不是他胞妹。

被追求的楊天生則表示，他也不知道爲什麼顏青晶要追求他，不過他表示他家沒有舉辦過「超級大豪賭」，只是經常辦些一底才二十萬元的衛生麻將而已。

在此，本報別特別刊出顏青晶的追求令，並且奉告楊天生「有花堪折直須折，莫待無花空折枝」，以及「是福不是禍，是禍躲不過。」

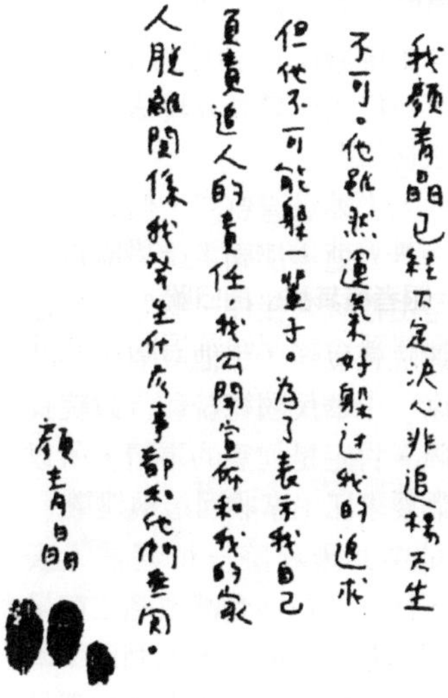
我顏青晶已經下定決心非追楊天生不可。他雖然運氣好躲过我的追求但他不可能躲一輩子。為了表示我自己負責追人的責任，我公開宣佈和我的家人脫離關係，我發生什麼事都和他們無關。
顏青晶

1997
給我報報之
退稿驚選

江澤明的講話引發反彈
可見政治與物理互相印證

文◎徐小鳳

中共國家主席江澤民表示可以在國家統一後讓李登輝總統當副主席的談話已在此間引起若干人大委員的大力反彈，他們質疑，李登輝總統兼任國家副主席是否違憲，並已入稟最高人民法院請求大法官釋憲。

這些人大委員還質問，假如李登輝一旦去逝，那副主席一職也是不是由連戰來接任？假若答案是由連院長接任，那他身兼中共副主席、中華民國總統和行政院長三職，肯定是違憲的事情，所以他們要求江主席收回這項建議。

但是中共國務院一位發言人表示，江主席在向台灣放話之前早已想到憲法的問題，他們已準備好在國家統一後，先邀請台灣最高法院的幾位大法官眞除目前最高人民法院的大陸法官，如果由台灣的大法官來釋憲，李登輝或連院長出任國家副主席一定不會違憲的。

此外，北京當局還表示，統一後將發動十二億人民吃豬肉運動，這樣台灣的口蹄疫一天之內便會解除，因爲大陸人民一小時內便可以把台灣所有豬隻吃掉，不管有病沒病，一隻不留，不用再去擔心如何處置疫豬了！

（退稿原因：總統不是已經說過戒急用忍，不可以對大陸投豬（資）了嗎？不要以爲國語發音不準的話便不是話啊！）

1997
給我報報之
退稿驚選

達賴還好走得早 不然通告接不完

文◎袁詠儀

由於達賴喇嘛上次訪台時造成轟動，瞬間變成萬人迷，根據影藝界消息人士透露，已有電視台跟達賴接觸要找他來台主持節目，另外還有唱片公司、電影製作人要找他出唱片和拍電影。

消息人士指稱，已有多家電視台跟達賴的祕書接觸，表示希望可以找達賴主持節目。提出來的案子包括「達賴一九九七」，一個類似「二一〇〇全民開講」的CALL IN式節目；「非常達賴」，一個探討男女關係的節目由達賴配舒淇主持；「超級達賴」，一個綜藝式節目，計劃搭配高怡平；還有就是達賴主演「驚世達賴」和「我的達賴我的佛」等兩個連續劇。

此外，有唱片公司要替達賴喇嘛推出一張叫「達賴不賴」的CD，由於最近又開始流行唱懷舊英文歌，所以將蒐集一大堆膾炙人口的老歌準備給達賴唱，另外還準備一兩首饒舌歌曲給他試唱，達賴口才很好，應該可以RAP得很好。

當然，有不少電影公司和導演在打達賴的主意，有人已想出找他和宮雪花主演一部叫「最配」的喜劇電影。另外，出版界也不甘後人，要找達賴出自傳，暫名為「取於光頭」。

但據接近達賴的人士透露，達賴不可能答應這些要求，原因是他不像宋七力那樣懂得分身術，怕工作應接不暇，而開罪了別人。

（退稿原因：《報報》的「三萬九千九百元看報送機車輪胎」的行銷計劃，也準備要找達賴來當廣告代言人，你這樣寫會破壞我們的機會，知不知道？）

1997年4月14日～4月20日

給我報報時事排行榜

三目武夫獨家製作／本周排名

1 大陸貨輪直航進入高雄港。**貨輪不叫「木馬號」，所以不必擔心解放軍屠城。**

2 國民黨中央政策會要求解散公視。**官員可以把公視預算拿來買紅酒，一邊喝一邊討論心靈改革。**

3 宋楚瑜表示他不要也不會成爲另一個郝柏村。**誰是郝柏村。**

4 IDF舉行成軍典禮。**成軍的「軍」意思是「二軍」。**

5 立院三讀通過「身心障礙者保護法草案」。**從此不保護明眼按摩者，所以明眼按摩者馬殺雞時要穿衣服以免受涼。**

6 太極門負責人洪石和遭起訴罪名包括「養小鬼」。**好遜，人家現在流行的是養電子小雞。**

7 新黨立委陳漢強坦承立院委員會選舉時跑票。**隨後並承認立院前的櫻桃樹也是他砍的。**

8 國民黨版修憲草案出爐。**此版本又稱「宋歪歪」版。**

9 台北市金華國小校長李聰超教授二二八事件風波。**感謝時代進步，李校長不致無故失蹤，五十年之後才得平反。**

10 北市中高階警官打靶四成不及格。**幸好他們不太有機會與匪徒槍戰，老百姓不必擔心被流彈波及。**

現場傳眞／採訪◎李友中

記者：「市立圖書館舉辦說笑話比賽出現國小學童口含熱狗唱作俱佳，您卻質詢教育部應嚴厲要求老師不得有類似的行爲？」

李慶安：「你以爲這是學童偶發行爲嗎？我確知學校有些老師講黃色笑話作爲提高學習動機的手段，師風日下哦！這是很嚴重的模仿行爲。」

記者：「教育局怎麼說？」

李慶安：「吳英璋局長坦承知情，他說現在校長開周會都口含著熱狗訓話，教務處裡批改學生作業、看報、聊天、喝茶的老師們個個口含著熱狗，事實上，吳英璋口含著熱狗回答我的質詢。」

1997
給我報報之
退稿驚選

本文榮獲CAS標誌，請安心閱讀

學生不乖要罰吃豬肉，吃出病來有全民健保——學生農民雙贏

文◎袁詠儀

教育部長吳京日前發公函，下令各學校「鼓勵」學生們多吃豬肉，引起極大的反彈，教育部翌日立即再發公函，稱大家誤解了部長的意思，吳部長是說「要學生們用功讀書，那些不用功和不聽老師指導的學生，才將會被罰吃豬肉。」

不過教育部一位官員私下透露，豬業興亡學生有責，吳部長還是希望學生們多吃有CAS標誌的豬肉。該名官員指出，反正假如學生因爲吃了豬肉而生了病，便可以請病假，不用上課，也不用做功課，在家裡看一整天的電視！這種佔盡便宜的事爲什麼不做？該名教育部官員還抱怨說，他眞不明白家長們緊張些什麼，現在國家已經有全民健保，孩子們如果吃豬肉吃出病來又不用花很多錢看病，要知道，大陸有很多孩子想要吃豬肉還吃不到呢！

(退稿原因：詠儀，吳部長一手捧紅成功嶺之花，妳不是也希望在娛樂圈發展嗎？爲了不影響妳的星途，我們決定退稿，並把妳介紹給吳部長。)

1997
給我報報之
退稿驚選

誰說台灣沒有競爭力？一例又一例，例例破謠言

文◎翁健偉

台灣怎麼沒有競爭力？

自從瑞士一間管理學院宣布台灣在全球國家競爭力排行榜的名次下滑跌落到二十名以外，朝野就開始唉聲嘆氣，怪東怪西。其實，老外搞錯了，台灣競爭力一點都沒有下滑，反而上漲，你相信嗎？讓《報報》分析給你聽。

首先，今年有兩個職棒聯盟互相在競爭，爭來爭去眞是精彩極了，簡直比球賽本身還好看。緊接著，年代公司代理的TVBS等七個頻道，被力霸集團的有線電視分銷商給停播了，這兩個集團在那邊吵來爭去，也實在是有夠精彩，簡直比他們播出的電視節目還好看，但是因為大部分的觀眾都看不到，所以不知道錯過一場好戲。緊接著，于品海先生跟和信集團也展開了互相競爭，被他們拿來當繩子兼獎品拔河的，是一個叫做CTN的電視公司；後來和信佔了上風，于先生又搶到另外一條叫做「台北智訊」的公司當作繩子，截至目前為止，他們的競爭也還沒結束，也是比他們的電視節目還好看（奇怪的是，為什麼都沒有人要把這中間的過程拍成連續劇，拿去角逐金鐘獎呢？嘖嘖）。

當然囉，傳播界彼此競爭，政治界也是。先是三黨派出代表競爭桃園縣長的位子，可惜實力太過懸殊，民進黨一下子就贏光光了。好在朱高正跟新黨展開競爭（爭權力），李慶華馬上也跟郁慕明競爭（爭地位），這麼傑出的表現，幾乎佔了全國競爭力的一半以上，由此可知，新黨絕對不是個「柔性政黨」，它是個「競爭」黨（瞧，陳癸淼先生，我們從頭到尾都沒有提到「家變」兩個字，夠意思吧）。接下來，國民黨派出謝深山與林志嘉，還有一個不請自來的廖學廣，三個人在那邊爭台北縣長，競爭力夠強吧。連民進黨施明德都要爭著去坐牢，你敢說我們國家一點競爭力都沒有嗎？

在朝野上下一片爭來搶去的風聲中，最不上道的就算是蔡明憲立委了，大家搶著要當立法院司法委員會召集委員，他竟然不想做了，要遞辭呈。還是羅福助羅大哥比較上道，不辭就是不辭，好酷喔。

《報報》內部也在彼此競爭中，先是翁健偉（就是我嘛！)跟李友中競爭（爭誰住不起大台北華城)，後來是周文華跟李友中競爭（爭誰先上廁所)，搞得《報報》全體員工誰也不讓誰。台灣，眞是個充滿競爭力的寶島啊！

（退稿原因：以後用有競爭力的快遞公司送稿子，不要每次都是截稿之後才收到你的稿子，OK？）

1997年4月21日～4月27日

給我報報時事排行榜

三目武夫獨家製作／本周排名

1 白曉燕遭綁架案。**連戰政府被迫把亞太營運中心改成亞太營救中心**

2 公視建台風波。**要是籌委會趕製幾個「如何打好高爾夫」的節目，也許比較容易過關。**

3 劉泰英自訴亞洲週刊誹謗案敗訴。**台灣輿論一片叫好；香港輿論一片叫好耶！**

4 歹徒鄭金龍劫財劫色反被殺死事件。**命跟命根子都沒了！**

5 經建會主委江丙坤痛批省屬三商銀。**弦外之音是，超貸的民代們，該還的還，該逃的逃吧，祝好運！**

6 誤擊拖靶機事件軍方被判賠一億七千萬。**軍方不要怕，這裡，「軍方」是「倒楣納稅人」的簡寫。**

7 國民黨省議員游月霞對合庫總經理許德男施暴。**因為現場沒有衛生紙留下，所以肯定是跟性無關的暴力。**

8 全國書記官多人休假抗議。**大家請假時職務代理人都填「施啟揚」。**

9 勞委會主委謝深山辭職獲准。**休息，是為了走遍台北縣的路。**

10 施寄青、陳春秀因「台灣男人買春現形記」文章被起訴。**法官大人認為，只要買春時沒有現場實況轉播，都不算現形。**

最新消息：

給我報報之採訪記者李友中，因見現今高爾夫節目製作頗有賺頭，特別告假一週，前往林口等各球場堪景去了，本週現場傳真暫停一次。

1997
給我報報之
退稿驚選

門診黃牛嚴正聲明
我賣名額決不黃牛

文◎康貝特

台大醫院最近出現掛號黃牛，在院內向求醫的病人兜攬生意。經台北市調處調查，依電腦處理個人資料保護法送辦。

台大醫院是在最近發現院內的熱門門診，數周前便被電腦預約掛號搶占大半，當天門診人數卻未及預約人數，且差距甚大。檢調單位接獲檢舉，調查得知該黃牛預約名額後出售給求診病患圖利。檢方質疑門診名額如果賣不出去時，該黃牛表示，通常此時他衹好自己到醫院門外，試圖打傷路人，並把血流滿面看不見路的對方牽到候診室交易。

該嫌被捕後，醫院總機人員表示他們長期爲他蒙受不白之冤。因電話持續佔線，外界都以爲是他們不好好工作，卻打電話到香港馬會下注；或觀摩色情電話的聲音表情技巧，作爲在職訓練。現在該黃牛就逮，總機人員激動地表示沈冤得雪，最後正義總是站在好人這一邊的。但黃牛拘留後，電話卻佔線如故。

（退稿原因：國片蕭條，黃牛謀生困難，轉業應予鼓勵不要爲難人家。）

中華民國八十六年

1997

1

五月

格言

五福臨門鳩佔鵲巢

五月初五日

初八立春

己卯占大門

2.1

喜神：東　北	財神：正　北	日煞：西　方
日沖：雞66歲		

不宜：修造　入宅

宜：開市　嫁娶　安床　牧養

星期日

給我報報1997年鑑

日 SUN	一 MON	二 TUE	三 WED	四 THU	五 FRI	六 SAT
1	2	3	4	5	6	7
8	9	10	11	12	13	14
15	16	17	18	19	20	21
22	23	24	25	26	27	28

本月大事記：

1. 口蹄疫災情才控制住，口交憂慮又接踵而來
2. 給我報報代表百姓向李連道歉
3. 游月霞替許德南揹背，如果是私人性服務便不違法
4. 李連不知民間疾苦，電腦虛擬實境可解決此問題
5. 總統女婿打贏官司，主席女婿坐收償金，第一家庭房客不再痛苦

1997年4月28日～5月4日

給我報報時事排行榜

三目武夫獨家製作／本周排名

1 白曉燕遭綁架案。**慘遭撕票，一票政客開始為自己的前途哀悼。**

2「五〇四悼曉燕，爲台灣而走」大遊行。**如果不走，也可選擇出走**。

3 被通緝的嘉縣議會議長蕭登標回到議場。**失蹤期間，應該是去從事心靈改革。**

4 馬英九與廖正豪就假釋門檻是否提高一事激辯。**門檻的高低，將和雙方音量的高低有關。**

5 花蓮縣亦傳出口蹄疫疫情。**邱茂英最近去過花蓮了嗎？**

6 國民黨中常會眾人對白案的熱烈發言。**現場瀰漫一片口臭。**

7 各界對李登輝、連戰打高爾夫球的批評。**當然不是批評他們的球技。**

8 李總統召開「高層治安會談」。**結論越有學問，人民會越害怕。**

9 「幻象二千」首批五架運抵台灣。**不是幻象，是真的！**

10 新聞局長蘇起願意配合馬英九讓賢。**蘇起誤以為新聞局長的工作是養望。**

現場傳眞／採訪◎李友中

記者：「考試院擬議政務官調薪加倍，您爲何持反對意見？」

江丙坤：「我反對政務官調薪加倍，應加十倍以上才夠，老實說我國的政務官飯量都很大，都在兩桶以上。」

記者：「這一票飯桶從來都不肯承擔行政責任，民眾已經無法忍耐了。」

江丙坤：「他們天天追隨李總統表演吃豬肉也很辛苦。」

1997
給我報報之
退稿驚選

小道新聞：

報導小而美，效果酥又麻

文◎戴奧辛

■原欲角逐台北縣長寶座的新黨立委周荃，日前將戶口遷出台北縣，以表示不參選台北縣長的決心。爲此，部分新黨人士都覺很困擾，當然，最困擾的，就是新黨籍的郵差，因爲除了身爲黨員的困擾外，還有不知日後周荃的信應該投至原來她在台北縣的地址還是她在台北市的媽媽家的困擾，可謂雙重困擾。

■因貪污被定罪的前屏東縣長伍澤元，日前乘坐輪椅出庭應訊時表示，他的身體太虛，如果再關下去，他會沒命。由於事關人命，本報祇好暫時拋棄新聞中立的原則，在此推薦「腎寶・旺」這種號稱「第一號男子漢的專用品」給伍澤元。因爲根據「腎寶・旺」的廣告，它是經過一百多位專家推崇的最新處方，服用之後，十五分鐘就能快速調和腦、腎、中樞神經，促使腦下垂體及睪丸密集分泌大量男性荷爾蒙，使得腎水充沛，身體自然健康精神好，性器官海棉體自然擴張變大、變粗，因此建議也是男子漢的伍員趕快到指定藥房購買「腎寶・旺」來保護身體，強精壯陽。

■《給我報報》日前兩次獨家專訪宋楚瑜，原本我們並不願刊登這些極爲敏感的訪問，可是日前見其他雜誌刊出宋省長的訪問，逼得我們也祇好刊出這兩次訪問(一次是面對面，一次是電話)。

面對面的那次訪問全文如下：

(於省府走廊)

本報記者：請問省長男生廁所在哪裡？

宋省長：前面右轉再右轉，第二個門就是。

本報記者：謝謝！

宋省長：不謝！

電話訪問全文如下：

本報記者：(鈴！鈴！鈴)喂，請問小張在不在？

宋省長：你打錯了，這裡是宋公館。

本報記者：對不起！

宋省長：沒關係！(卡嚓)

■新聞局長蘇起日前表示，爲了避免黨派爭議，新的公視說帖裡，將建議公視不做每天的新聞。

據悉，原本蘇起還想同時建議三台也取消新聞節目，如此不但可以避免更大的黨派爭議，也可避免三台新聞部的內鬥，可是後來蘇起想起自己的老婆任職華視新聞部，遂緊急煞車，避免了一場家庭悲劇的發生。

■國民黨投資事業管理委員會主任委員劉泰英自訴《亞洲周刊》誹謗案結果敗訴，不過劉泰英表示，除非《亞洲周刊》拿出錢來從事慈善事業，否則他將上訴。《給我報報》在此呼籲亞洲周刊從善如流，趕緊拿出錢來從事慈善事業。

而最大的慈善事業，便是出錢延請一些像李維心法官一樣優秀有見地的公義人士，去給那些不知新聞自由爲何的蠢才如劉泰英上一課，讓他們知道，「新聞自由爲民主憲政與自由社會的基石」。

（退稿原因：「誹謗劉泰英爲坐牢與賠錢的基石」，你瘋了呀？！）

1997
給我報報之
退稿驚選

口蹄疫災情才控制住 口交憂慮又接踵而來

文◎袁詠儀

受陽明山上強暴未遂，反被口咬斷命根的事件影響，台灣人民做愛時進行口交的次數大減，政府各部會首長立即公開發言表示口交沒有危險，民眾大可放心口交。國民黨高層還下令即日起所有黨員去喝花酒、馬殺雞、尋花問柳或在家裡進行房事時，都一定要進行口交，以確保台灣的口交行為不致沒落或消失。

政府官員且正計劃推動「百萬人口交」運動，這與「斷命根」事件剛發生後政府各部門和部分立委的反應大相逕庭。起初，一些官員和立委均建議，現在正是台灣檢討要不要口交的大好時機，因為既然台灣人都懂得做愛有很多種不同的姿勢和方法，其實大可以不必再口交。他們指出，口交根本是「咬」字拆開來寫的，其危險性可想而知。

據瞭解，日本、韓國和菲律賓等國家，正考慮禁止國民跟台灣人口交。

但據國民黨消息來源說，李主席在一次中常會上表示，台灣人口交技術是一流的，不能隨便說不口交便不口交，李主席並說，有些台灣人口交方法不正確，可能是受到大陸人士影響所致。他呼籲特種行業經營者集體發誓不要再走私大陸人口到台灣賣淫。

李主席說：「口交有益健康，要多口交！」他並呼籲，政府官員應儘量多進行口交，以恢復國民對口交的信心。另外有一位立委有一次受邀嫖妓時，發現大家都沒有口交，一怒之下便拂袖而去。後來其他嫖客打他的大哥大電話，表示他們都立即改為口交了，該立委才息怒回去，繼續玩樂。

雖然朝野都積極配合「口交救台灣」運動，因廢省一事與中央鬧僵了的宋省長則堅拒口交，他並語帶諷刺地說：「口交要憑良心！」

（退稿原因：詠儀，報社用來拍新聞照片的口蹄疫病豬肉都被你偷吃光了，是不是？！）

1997年5月5日～5月11日

給我報報時事排行榜

三目武夫獨家製作／本周排名

1 馬英九辭職。**李連宛如吃到一頭鮑，驚訝不已。**

2 李總統吃鮑魚大餐的新聞。**民之所欲，果然好吃。**

3 連戰請辭遭李登輝慰留。**治大國如烹鮑魚，需要連戰這樣有錢的閣揆提供鮑魚。**

4 立院倒閣案遭封殺。**值得執政黨吃鮑魚餐慶祝。**

5 伍澤元交保。**要好好利用在獄外的時間多吃鮑魚，否則錢不是白污了？**

6 新竹科學園區因天災斷電二十分鐘。**損失的錢大概可以買二十萬只三頭鮑。**

7 數十社團婉拒李總統邀請至總統府會談。**又不請人家吃鮑魚大餐，去什麼去？**

8 新約教徒子弟罷學。**用鮑魚營養午餐都吸引不了他們復學。**

9 我東亞運代表團成員在南韓受委屈。**我國應禁止進口南韓鮑魚以為報復。**

10 嘉義蕭家班老二蕭登獅在海外被逮捕。**阿獅宛如鮑魚罐頭裡的鮑魚被押回來。**

現場傳真／採訪◎李友中

記者：「警方圍捕行動的緊急時刻，爲何三番兩次抽調警力赴球場侍候李登輝打球？」

楊子敬：「員警在犧牲休假及家庭生活的同時，均感到伺候這位活寶打球有助警方心靈改革。」

記者：「伺候高層打球如何有益警員心靈改革？」

楊子敬：「員警們從心底領悟：若全國的惡徒都跟這個呆子一樣閒情逸致的話應該不難抓到。」

社會脫序，給我報報代表百姓向李連道歉

文◎本報主筆群

在白曉燕遭撕票的消息傳出之後，內政部長林豐正表示，他將代表政府向白曉燕的母親白冰冰道歉。

《給我報報》認爲，如果林豐正是代表日本政府或美國政府向白冰冰道歉，那我們沒有話講，可是假使他是代表以李登輝爲首的連戰政府向白冰冰道歉的話，那就太委屈這個國民黨政府了。

其實講到道歉，眞正應該道歉的是全國的老百姓，我們才應該向以李登輝爲首的國民黨政府道歉。

老百姓道歉，因爲老百姓製造了太多的兇殺、綁票、搶劫、強暴……讓政府焦頭爛額，甲案還沒辦完，乙案又起，而且一案比一案兇殘，害得李總統都不能在很愉快的心情下打高爾夫球。

眾所皆知，打高爾夫球是需要全神貫注，才能打出好成績的，試想，一個人如果一邊打高爾夫，一邊還有綁票受害者的母親向他求救，在這種情況下，他能打出好成績嗎？

一國的總統如果高爾夫球成績太差，是會遭到其他國家的領袖譏笑的，人家會說：「你看那個台灣的老李，一個洞就打出比標準桿多三桿的成績，太糗了，這種國家的領袖哪配跟我們一起打球？呸！」

大家說，我們老百姓是不是應該向李總統道歉？

先向李登輝道歉，再向連戰道歉，因爲我們讓連副總統難堪已經不止一次了。

不講別的，光是一連串的治安問題，就令人覺得連戰前幾個月才在「全國治安會議」上講的話根本是屁話。

我們的連兼院長，每天中午都要趕回家與母親吃中飯，如果我們讓這張要與母親吃飯的嘴巴變成一張也會口吐屁話的嘴巴，對連戰來講，眞是情何以堪！大家說，向他道歉，是不是我們老百姓最起碼應該做的事？

要向連戰道歉的其他理由還包括：我們這個社會把連方瑀嚇壞了，使她心情很壞，她心情壞，當然也會影響到連戰的心情，於是我們老百姓欠連家可是越欠越多了，還是趕緊道歉吧！

我們祇希望，老百姓在向李連等人道歉之後，他們的心情會比較好，而我們老百姓也能感同身受他們的好心情，那將是我們莫大的榮幸。

（退稿原因：愛就不要說道歉，也是不要讓這篇文章順利刊出來。）

1997
給我報報之
退稿驚選

我國雖不是聯合國
會員卻仍有代繳會費服務

文◎蒲立格

外電報導聯合國日前宣布，廿六國因遲交兩年以上會費，而失去在聯合國大會的投票權，其中包括格瑞那達、中非、多明尼加、多米尼克、幾內亞比索、尼加拉瓜、聖文森及甘比亞等我國友邦。不過，據媒體向友邦大使查證，該名單僅是催繳公告而非取消投票權名單。

但被詢及的友邦大使，也因此驚出一身汗，放下電話便趕緊翻遍全宅，從床底下翻出催繳會費的外交信函，拍掉蛛絲灰塵後，叫快遞送至我國外交部，要求儘速付帳。快遞想省一趟，便問友邦大使這個月的信用卡帳單要不要一起送，大使答道：「你不知道嗎？我已改辦章孝嚴的附卡了！」

（退稿原因：外交部竟然拒絕替本報同仁繳會錢。）

1997 給我報報之退稿驚選

游月霞替許德南搥背
如果是私人性服務便不違法

文◎戴奧辛

國民黨省議員游月霞日前對合庫總經理許德南施暴，把許德南打得必須去醫院檢查。

可是事後游月霞表示，她不是毆打許德南，而是替他搥背。

不過法界人士表示，游月霞不解釋還好，這一解釋，反而承認她犯法。

因爲根據日前立法院通過的「身心障礙者保護法草案」，明眼人從事搥背等馬殺雞行爲，是不受法律保護的。

也就是說，不論游月霞對許德南搥背馬殺雞時是穿衣服或者脫得光光的，因爲她是明眼人。（編按：打字的同仁，請勿打錯字打成「明理人」），所以很明顯地觸犯了「身」法。

不過法界人士也指出，如果游女郎能證明她沒有從許德南那裡得到報酬，搥背馬殺雞純粹是一種「私人性服務」，那就沒有所謂違不違法的問題了。

（退稿原因：此類文章一定要提到馬了幾節？油壓或指壓？全套或半套？才不會被退稿。）

1997年5月12日～5月18日

給我報報時事排行榜

三目武夫獨家製作／本周排名

1 內閣局部改組。**局指的是新聞局，部指的是內政部。**

2 宋楚瑜重返國民黨中常會。**熟悉的面孔，熟悉的座位，熟悉的小便池。**

3 李總統就職周年記者會。**國家的問題很大，所以頭家問的問題很多。**

4 「518爲台灣而走」大遊行。**在雙腳印打上總統府塔上之後，有人以為這是HANGTEN的廣告。**

5 我與巴哈馬斷交。**是巴哈馬，不是巴拿馬——雖然這個也快了。**

6 李總統未能在國民大會進行國情報告。**反正國情亂如麻，也沒有什麼好報告的。**

7 劫機犯劉善忠被遣返。**台灣很少平民像劉一樣，來去大陸都上新聞。**

8 佛光山封山。**山是封了，不封的是星雲法師的新聞。**

9 國大議長錢復提出辭呈。**是離開杜鵑窩的時候了。**

10 台視冠軍頻道停播。**台視新聞竟然沒有搶到獨家，真可惜。**

現場傳眞／採訪◎李友中

記者：「政府顢頇，輿論要求連戰下台，您認爲是不道德的說法？」

蘇起：「個人認爲，動不動就叫人下台，實在很不道德。」

記者：「即使人民要求搞世紀大婚禮，二十五萬元一個蛋糕，五百元一個便當，二百警員伺候吃午飯，到賀伯颱風災區怕弄髒皮鞋不肯下車，長年一副愚蠢富人形象的行政院長下台，也不道德嗎？」

蘇起：「什麼勃起？——誰在叫我？」

1997
給我報報之
退稿驚選

人外有人天外有天 話中有話也不稀奇

文◎袁詠儀

美國雷甘斯研究所亞洲事務專家曾多士・布魯克斯基日前發表一項報告指出，台灣近年來愈來愈像中共及冷戰時期的蘇聯，許多人的言論中蘊藏玄機，以致必須由觀察家及專家從字裡行間找尋眞正的意思。布魯克斯基綜合了台灣最近見諸媒體的一些言論，並加以詮釋如後：

▲「心靈改革」：「我們要去打高爾夫球，你們自求多福吧！」

▲「絕不戀棧」：「我是怎樣都不會下台的了，你咬我嗎？」

▲「可隨時辭職」：「同上」。

▲「我怎麼回得去」：「完蛋！一時衝動辭了職，現在怎麼辦？」

▲「一定會還白冰冰和社會一個公道」：「這個周末不去林口的高爾夫球場打球，改去別的球場，這樣可以了吧？」

▲「泛政治化」：「你們這樣子，不是要我難看嗎？」

▲「限期破案」：「大家撐一下，再過一陣子民眾就會忘記了。」

▲「國民黨跟大家一樣心在滴血」：「想不到你們真的生氣了！」

▲「都是媒體在渲染報導」：「怎麼連三台也在罵我們？」

▲「疫情已受到控制」：「口蹄疫很快便會傳及全省，再也沒有其他地方可以散播了。」

▲「戒急用忍」：「等我做完這一任總統後，你們再去大陸吧，那時已經不是我的事情了。」

▲「民之所欲，長在我心」：註：無法解釋，因為講這句話的人自己也不知道它的意思。

▲「布下天羅地網」：「嫌犯早已逃到大陸，不可能找到他們的了。」

▲「有新的線索（或突破），但目前不宜公布」：「實在是被你們逼瘋了！我們現在一籌莫展，別再煩我了，好不好？」

▲「這案一定會破」：同上。

▲「大家不眠不休的辦案，已是盡心盡力了」：「我們問遍所有黑道份子，他們都說沒有消息，幫不上忙。」

▲「我們相信人質還活著」：「天保佑不要這麼快找到屍體。」

▲「我們沒有收到嫌犯已逃到廈

1997
給我報報之
退稿驚選

門（或福建）的消息」：「知道了還要問，真討厭！」

▲「即將要收網」：「已經有一、二個當替死鬼的人選，但怕大家看出破綻，現在還不知道要不要栽贓。」

▲「如嫌犯拒捕，一律格殺勿論」：「不然找個替死鬼，把他槍斃，然後把所有罪行都推到他身上，反正死無對證！」

▲「爲了人質安全，我們自律報導綁票案」：「我可不要背上害死人質這個黑鍋。」

▲「我們刊登（播出）這些圖片，只是爲了讓大家看到歹徒的殘酷」：「怎麼讓你們看穿了我們是為了賣報紙（收視率）而這樣做的，真倒楣！」

▲「本台一有新的消息，便會即時插播報導」：「雖然這條新聞大家都有，但求求你不要按遙控轉台好不好？」

▲「楊子敬沒有徵求白冰冰同意，便公布了這個消息，這樣對嗎？」：「謝謝你，楊局長，替我們解了圍。」

▲「愛看熱鬧的民眾，把白家門前擠的水泄不通」：「你們為甚麼不在家裡看我們的SNG連線報導，自己跑到這裡來了？我今天還特別穿了春季服飾，換了個新髮型耶！」

由於篇幅所限，布魯克斯基的報告，只能摘錄到此，讀者如欲閱讀布氏報告全文，可透過網際網路，其網址爲：WWW.Lee-Lien-full-of-shit. Gov. Tw

（退稿原因：字跡潦草，不易閱讀。）

編按：布魯克斯基指出，所謂「字跡潦草，不易閱讀」，其眞正的意思是：明知我們沒錢發稿費，你寫這麼多幹嘛？

1997年5月19日～5月25日

給我報報時事排行榜

三目武夫獨家製作／本周排名

1 中華男籃在東亞運奪得金牌。**如果他們要吃鮑魚餐，大家應該不會反對。**

2 民進黨內對修憲採總統制或雙首長制無法共識。**修憲就像魔術方塊，這一面對了，那一面又亂了。**

3 國大爆發肢體衝突。**可惜現場沒有留下一堆肢體，真的是很——可——惜——。**

4 李總統就職周年。**一年下來，高爾夫球的成績單令人欽佩。**

5 五二四千人靜坐。**相不相信，坐在那裡，會越想越氣。**

6 台港航運談判決定七月一日之後雙方船隻主桅暫不掛旗。**只要面子掛得住就好了。**

7 中山高弊案起訴嚴雋泰、苗素芳等十二人。**弊案總是起訴過氣政客。**

8 「二王一后跨世紀之音」音樂會。**本來是三王一后，可是李登輝沒去，所以變成二一一后。**

9 廖正豪指出台灣的黑槍可裝備三、四個師。**這三、四個師最大的特色便是官兵在大街上打靶。**

10 中共五星旗高掛台北市立棒球場大廳。**幸好這年頭流行燒太陽旗，不是燒五星旗。**

現場傳真／採訪◎李友中

記者：「您對製作人葛福鴻請李總統吃五萬元一客鮑魚上報，感到不以爲然？」

張小燕：「有什麼了不起，葛姐請我吃過更高貴的二頭鮑呢，報紙爲什麼不幫我報導？」

記者：「吃昂貴的鮑魚有何神奇效果，値得報紙報導？」

張小燕：「我現在完全不用腳趾頭就可以從一數到二十，感謝『阿一鮑魚』。」

1997
給我報報之
退稿驚選

李連不知民間疾苦

電腦虛擬實境可解決此問題

文◎翁健偉

話說IBM主導的「深藍（Deep Blue）電腦計畫在國外大勝西洋棋王的壯舉才告一段落，台灣電腦界也不甘示弱宣布了「淺黃（Light Yellow）計劃」打算與「深藍」在人工智能的科技領域一較高下。

「深藍」是拿來跟棋王下棋的，「淺黃」是拿來幹嘛的呢？簡單，它是讓李連練習如何揣摩民意，免得老是被罵不知民間疾苦的「虛擬實境」高科技。譬如，它會問李連，「人民沒有飯吃怎麼辦？」此刻如果回答「何不食肉糜」就會被電。類似的題庫還有：「葛福鴻請你吃五萬元的鮑魚大餐你要不要去？」（標準答案是「一哥那張大嘴巴，死也不去」），「吃到五百元的便當怎麼辦？」（標準答案是「挖喉嚨吐出來」），「口蹄疫氾濫成災，豬肉大跌，如何處理？」（標準答案是「統統吞下去」），「七月一日以後，香港主權歸誰管？」（標準答案是「誰要你管！」）

除了這些機智問答以外，「淺黃」還可以針對他們平常的作息、消費習慣，在室內用電腦虛擬出這些景物，在家就可過過乾癮，免得他們一出門大手筆的作風動輒得咎。專家設計的場景有：「一望無際的高爾夫球場」、「兩百名警察開道的忠孝東路」、「佔地數千坪的珠寶首飾店」、「搖旗吶喊的死忠樁腳」、「歌功頌德的電視新聞」、「逢迎諂媚的宋楚瑜」、「乖個半死的宋楚瑜」、「低頭哈腰的宋楚瑜」。讓他們想怎麼做就怎麼做。又不會打擾到別人，一舉數得。

做個電腦讓他們學會愛民，又不擾民，實在是很棒的作法，納稅人擔心的是到底要花多少錢。專家估計其實隨便一台二手電腦就可以打發了，「反正他們又沒玩過任天堂，什麼機種看起來都很高段，哄一哄還不簡單。」

（退稿原因：要揣摩民意，知道民間疾苦，每天搭計程車上班就得了，幹嘛那麼囉嗦！）

1997
給我報報之
退稿驚選

辦案要推陳出新 兇嫌才無路可逃

文◎袁詠儀

據調查人員透露，在刊登了一堆黑白和彩色照片，卻仍未能抓到涉嫌綁架和殺死白曉燕的林春生等三名疑犯之後，警方將會蒐集更多疑匪的照片，出版一本寫眞集，希望民眾可以因此進一步協助警方早日破案。

調查人員透露，警方正考慮徵召華視「超級星期天」裡負責「超級任務」單元的工作人員，幫助警方尋找兇徒。一位探員表示：「阿亮他們找人很棒，上節目的藝人如想和失蹤了或失去聯絡多年的親友見面，阿亮他們都可以幫忙找到，所以我們想找林春生的媽媽上『超級星期天』，請製作單位幫林媽媽把兒子找回來投案。」

雖然白案發生了已一個月，兇徒仍逍遙法外，但負責追緝林氏等三人的員警卻毫不氣餒，他們指出，被通緝了一百多天的蕭登標最近突然自己出現了，他們很有信心，林氏三名通緝犯也有可能在一百多天後自己會出現。

警方並透露，政府很有可能把目前一千萬元的懸賞金額提升至一億元，使得領賞者可以有能力購買「鴻禧山莊」的房子。另外，再加上連副總統贈送小白球一箱，李總統贈送由香港一流名廚親自到台灣料理的鮑魚宴一席（供十二人用，每人可享用一隻一個頭的鮑魚，不另收一成服務費）。

官員們說，在如此重賞之下，如還不能抓到殺死白曉燕的兇徒，即證明人民的心靈已死，政府也愛莫能助了。

（退稿原因：「超級星期天」裡面找人和被找的人都會激動得淚流滿面，林春生這些人又不會流淚，上節目幹嘛？）

1997
給我報報之
退稿驚選

來函不附回郵 祇好公開回覆

經手人◎徐小鳳

《報報》編輯部：

不久前國際影星席格先生來台參演「超視」的「我們一家都人」，因為沒有申請臨時工作證，而被政府形容為「現行犯」，席格錄了影的節目因此不能即時播出。報載，一名香港名廚去年底來台替李總統烹調名貴鮑魚餐，不知道該位首屈一指的名廚來台「外燴」有沒有申請臨時工作證？假如沒有，那不等於是「現行犯」煮菜給我國元首吃嗎？此外，七月一日之後，該名一流廚師，能否繼續來台「外燴」，或需另行申請？

讀者丁奶足

丁讀者：

據《報報》調查，該名廚師已經完成了心靈改革，因此不用申請臨時工作證。據說，六月中我國修憲時，將順帶更改憲法，讓有煮鮑魚一技之長的名廚可不受任何限制來台「外燴」，並賦予他們解散國會之權力。

《報報》編輯部

《報報》編輯部：

為何連院長去打小白球會遭到各界非議，而小馬哥每天去跑步，風雨無阻，社會卻半聲不哼？兩人都是在做有益身心的運動，為何社會大眾會有如此迴異的反應？這不是雙重標準是什麼？這樣對連院長太不公平了！

讀者蘇跌

蘇讀者：

馬英九已經因為每天跑步，而辭去了其政務委員一職，以示負責。照理說連戰也應該跟馬英九一樣，因為做有益身心的運動而辭職，可是幸好連院長已經澄清，在探望白冰冰之後，那一天並沒有去打高爾夫球，真的沒有，所以他不必辭職。

《報報》編輯部

1997年5月26日～6月1日

給我報報時事排行榜

三目武夫獨家製作／本周排名

1　學術界反對雙首長制。**因為是在網路上，不是在仁愛路上的大遊行，所以李連不太在乎。**

2　國民黨與民進黨協商達成六項修憲共識。**下週的發展，將證明本標題少了兩個字：才怪。**

3　立院三讀通過公視法。**不過，李連不必緊張，因為公視沒有每日新聞。**

4　騎機車開始強制戴安全帽。**可是如果機車騎進銀行，還是要脫掉安全帽和口罩。**

5　槍擊嫌犯李耀西疑遭瑞芳分局刑求致死。**工程灌水遲早會出問題，人體灌水馬上會出問題。**

6　民進黨中央發表「憲改萬言書」。**隨書附贈一大堆帽子。**

7　白曉燕案三嫌犯寫信給檢方。**顯然三個嫌犯什麼沒有，時間倒是很多。**

8　中市十期重劃弊案二審宣判，林柏榕改判無罪。**也許許水德當初講的是：「二審法院，是國民黨開的。」**

9　愛滋病患遭保險公司退保。**真的很想知道這麼有效率的保險公司是哪一家。**

10　保釣人士至日本交流協會抗議。**交流協會照例沒有派人出來交流。**

現場傳眞／採訪◎李友中

記者：「佛光山歷史性封山儀式，弘法利生希望，從此閉關潛修，萬人見證祝福，難捨滿心懷。」

星雲法師：「施主善哉。」

記者：「據說這次封山十分徹底，連茅房均綁上『已消毒』紙條且封閉禁止使用？」

星雲法師：「有偈頌三寶日：封山，封山，常拉責任一扁擔，雖然封山後千位出家僧眾出現積糞難消症狀，然而熱愛台灣追求心靈改革大家仍要多忍耐。」

1997
給我報報之
退稿驚選

總統女婿打贏官司，主席女婿坐收償金，第一家庭房客不再痛苦

文◎戴奧辛

李總統的女婿賴國周日前控告《商業周刊》誹謗，並要求賠償。

第一夫人曾文惠的女婿賴國周之所以要提訴訟，因爲該雜誌竟然說，總統女兒李安妮丈夫賴國周是因爲「工作方便」所以乾脆住到總統官邸。

還說，身爲李總統外孫的爸爸的賴國周爲李總統整合媒體的代表人，不僅如此，姓賴的還是李登輝總統的馬前卒。

泰山乃中國國民黨黨主席李登輝的賴國周，發現自己被如此報導，非常痛苦，於是控告跟李總統及李主席非親非故、現任職務也不及自己多的《商周》副總編輯黃鳴仁。

法院方面認爲，《商周》的報導，對於李登輝總統伉儷的房客賴國周其社會、學術地位與人格有負面的評價，於是判這個因爲婚姻關係才得以每天和國家元首見面的賴國周勝訴。

《給我報報》在研究了整件事情之後，爲了避免無事生非，並沒有公開評論此事，祇在社內動員月會時，請大家在「一人得道，雞犬昇天」和「論狐假虎威」這兩個作文題目裡擇一習作。

(退稿原因：李登輝總統的這個女婿叫「賴國洲」，不是「賴國周」，你大概是吃了太多的張國周強胃散，要改進。不過你的作文寫得很好，把那些靠裙帶關係冒出來的人渣描寫得神龍活現的，很好！)

1997
給我報報之
退稿驚選

再見巴國，再見
降旗典禮實況報導

文◎袁詠儀

數以萬計的巴拿馬華僑日前噙著眼淚一邊高唱中華民國頌，一邊目視我國駐巴拿馬大使館緩緩把青天白日滿地紅國旗降下，正式結束我國與巴國多年來的關係。

一位年紀老邁的華僑激動的向記者說：「趕快叫我們的中華籃球隊到這裡來，痛宰巴國的籃球隊，他奶奶的！」

另外一位身揹中華民國國旗的華僑不卑不亢的在大使館前宣讀一份告同胞書，他說：「巴拿馬不要我們的錢，自有別人要我們的錢，同胞們不必沮喪，我們嫖妓去！」

雖然我國已主動與巴拿馬斷交，但一般相信不會影響李登輝總統在九月到巴國參加巴拿馬運河會議，屆時，阿一亦會按照原定計劃到巴拿馬煮鮑魚給總統吃。據瞭解，到時李總統將會利用這個會議，呼籲全球的船運，不要利用運河走私，他並會要求船運商們發下絕不走私的毒誓。

（退稿原因：詠儀，跟妳講過多少遍了？不要整天看著電視新聞，就在家裡自作文章，要自己去採訪，妳給我聽著，中華民國是主動與巴哈馬斷交！不是巴拿馬！妳這個混蛋！）

1997
給我報報之
退稿驚選

總統就職一周年 小道消息一大堆

文◎翁健偉

就在「五二〇」民選總統就職周年前夕，台灣發生不少大事，像是「五〇四」、「五一八」兩次大遊行；外交部突然宣布與巴哈馬斷交；黎明柔宣稱「後現代墳場」才是她電台下班的最愛，絕非她上回出唱片時宣傳的「傻瓜乾麵」等消息，潑了執政當局跟麵攤老闆不少冷水。儘管發生了這麼多事，可是大家堅持慶祝李總統就職的決心並沒有改變。以下是相關報導。

●因為傳來斷交惡訊，執政當局覺得這根本是中共故意和我們過意不去，想壓壓「五二〇」就職周年的鋒頭，心情惡劣到極點。好在百貨公司原定的「五二〇」同步折扣活動並不打算取消，所以不好意思打高爾夫球的李連還是有地方可去，發洩情緒的效果比吃免費鮑魚更棒。

●為了避免招搖，也不想惹人注目，李總統已經有更好的辦法來慶祝當選總統周年紀念——看史蒂芬席格主演的電影解悶。因為上回史蒂芬席格訪台的時侯，李總統說對方令他想起去世的長子，氣氛十分融洽。雖然大家都搞不清楚在電影中面無表情、殺人如麻的史蒂芬席格怎麼看都不像李公子，還是很好心地借總統很多捲錄影帶回家慢慢看。不過裡頭並不包括「七四七絕地悍將」，因為席格在片裡出場不到十五分鐘就掛了。

●一向被誤認養尊處優的連副總統，日前也津津有味吃起一百元的便當，實在是大出許多人意料之外。因為連副總統吃起百元便當竟也讚不絕口，害得大飯店的名廚都覺得很沮喪；「唉，這傢伙，早知道這麼不識貨，隨便弄一弄就算了，還給他吃那麼好幹嘛？」

●由於「五一八」遊行主辦單位別出心裁地用雷射光把抗議標語投射在總統府上，電影公司馬上回憶這都是抄襲他們上次「中正紀念堂斑點化」的點子，可是主辦單位表示這不是師法「一〇一忠狗」，而是從「ＩＤ４星際終結者」白宮被外星人雷射光炸毀的那一幕所得來的靈感。據悉，由於好萊塢今年流行火山災難電影，照此情況發展下去，我們很快便會看到被岩漿淹沒的總統府了。

（退稿原因：響應「五二〇爲台灣而退」，所以要退你的稿。）

520
跨世紀之音
又·慶祝民選總統就職周年。
為什麽不能來散步！
這可是公共場所吧！
禁止入內

中華民國八十六年

1997

六月

1

六月初六日

初八立春

己卯占大門

2.1

喜神：東　北 財神：正　北 日煞：西　方 日沖：雞66歲		不宜	修造 入宅
宜	開市　嫁娶 安床　牧養		

星期日

格言

六畜興旺雞兔同聾

給我報報1997年鑑

日 SUN	一 MON	二 TUE	三 WED	四 THU	五 FRI	六 SAT
1	2	3	4	5	6	7
8	9	10	11	12	13	14
15	16	17	18	19	20	21
22	23	24	25	26	27	28

本月大事記：

1. 跨世紀音樂會，現場特別報導
2. 五二六民情激憤，連內閣處變不驚
3. 安全帽：教你如何不戴它
4. 台灣病了，中共怕了
5. 嘉義警方手法不凡，魔術大師甘拜下風

1997年6月2日～6月8日

給我報報時事排行榜

三目武夫獨家製作／本周排名

1 國、民兩黨修憲協商。**雙方立場不同，不過兩位主將吳伯雄和許信良的髮型倒是一模一樣。**

2 林清玄再婚風波。**教訓是：從事心靈改革前，請不要忘了戴上保險套。**

3 中壢垃圾風波落幕。**只要不停止製造垃圾，隨時會有續集。**

4 國中台灣教材的統獨爭議。**每天爭議新聞的剪報，才是最好的「台灣教材」。**

5 修憲提案「蔡永常條款」進入二讀。**大意是，在黑道國代任期內，大家碰到他的話，抱頭就跑就對了！**

6 總統將大赦228受難者。**不如將眾多的蔣公銅像改鑄成受難者雕像**。

7 彰化縣副議長粘仲仁被判廿年徒刑。**把他關在被處死刑的鄭太吉議長隔壁，也許他會覺得好過一點。**

8 總統邀宴縣市議會議長，蕭登標亦受邀。**因為不怕吃到一半被抓走，所以阿標這一頓吃得很安穩。**

9 台大提出「四六事件」總結報告。**總結是：只要槍桿子的**EQ**不高，這種報告寫不完的。**

10 政府有意全面拆除違規夾層屋。**其實有些夾層屋住戶住得很難過，本身已是懲罰。**

現場傳眞／採訪◎李友中

記者：「陳婉眞指您拿了謝隆盛五百萬，您立刻上台淚汪汪以窮明志，爲何哭得那麼傷心？」

李文忠：「我是國大最窮的，我騎摩托車上班，我連房租和我媽的醫藥費都籌不出來，我連看到五十塊都心跳不止何況五百萬，人窮志不窮婉眞姊竟……還指責我太……太傷人了！」

記者：「不要哭了，陳婉眞已被貴黨明快開除黨籍。」

李文忠（不停抽泣）「……我是窮星下凡。」

給我報報1997年鑑

1997
給我報報之
退稿驚選

兩封讀者的信
本報代爲刊載

經手人◎老林

阿一師傅：

聽說你烹調鮑魚的功夫是一流，我們的李總統吃了你的鮑魚之後都讚不絕口。

可是你在鮑魚的新聞曝光後，卻公然表示，為李總統烹調的是普通的十八頭鮑，絕不是極品三頭鮑。

在此本人要向你提出嚴重的抗議，憑什麼你不用三頭鮑而用十八頭鮑招待李總統，是不是存心輕視我國的元首？

需知，李總統乃是亞洲最有權勢的領袖之一，他不但被譽為台灣民主化的功臣，而且常常接受國外媒體訪問，在國際間都很有名。這麼重要的人，你竟然只搞個十八頭鮑打發他，不給他吃比較配合他身分的三頭鮑，顯然是門縫裡看人，令我非常不滿。

又不是你請他，小氣什麼？

最後，祝你廚藝精進

台北・阿貴

太極門洪石和掌門：

聽說您因為身體不佳，所以法官在開庭之後，已讓您交保，聽了之後很為您的健康擔心。

不過不要緊張，因為弟子最近認識了兩位高人，也許您可以向他們求道，早日恢復身心健康。這兩人一位叫宋七力，另一位叫妙天禪師，功力都很高，相信不在您的太極氣功之下。

另外，您在收押之前要弟子幫您養的小鬼，因弟子技術欠佳，十七個小鬼已養死了六個，在此先向您稟報，請掌門人原諒。不過弟子已買了六隻電子雞，算是賠您小鬼的替代品，您不妨養養看，比養小鬼有趣。最後，祝你早日恢復功力。

高雄・陳永貴

（退稿原因：未附郵票，怎麼轉？）

1997
給我報報之
退稿驚選

跨世紀音樂會
現場特別報導

文◎倪似珠

現場非常的混亂，有許多民眾拿著寫有「怒」、「道歉」、「請走路」的招牌圍在中正紀念堂門口，一面和看門的保全人員、工讀生爭執。「要進去請買票！」一位工讀生大叫！

「總統道歉，連戰下台！」呼喊之聲此起彼落，一位民眾憤怒的向記者表示：「不是說七點半在這裡集合的嗎？他們不下台就算了，爲什麼連讓我們抗議的機會都不許，進中正紀念堂都要買票，五十年來第一次聽說！」另一位民眾隨即補充：「這種政府，下台啦！」

眼見民眾愈來愈多，工讀生和保全人員排出一字長蛇陣，手牽手擋住大門，此時一位沈痛的大學生突然對著工讀生大喊：「同學們，同樣有青春的年華，曉燕離開了慈愛的母親的懷抱，犧牲在不公平的社會體制之中！而你們，面對一個無能的政府，不但沒有站出來，還爲虎作倀、助紂爲虐，你們於心何忍？」

民眾們聽了有爲大學生的一席話，莫不感動流淚，高舉有「怒」、「道歉」等字眼的招牌並大吼；「中產階級站起來！」雙方僵持許久。正當七點三十分，當雷射光打向高空，群眾隱約看見「認錯」在天空不斷排列組合，於是紛紛向前衝鋒，突破工作人員的防堵，記者聽見有人大叫：「遊行開始了，再不進去就來不及了！」

沒想到舞台上的人不是史英，而是多明哥，「啊！遊行不是今天！完了！」上萬民眾恍然大悟，原來門口的工作人員不是保安警察！他們慌忙收起標語，躲進觀眾席裡，彌補硬闖關卡的冒失與魯莽，有人則偷偷的詢問隔壁的觀眾說：「喂！他是在唱什麼碗糕啦？聽攏沒？」

（退稿原因：聽完高水準演唱會，爲什麼氣質還這麼差，寫出這種沒水準的報導。）

1997
給我報報之
退稿驚選

五二六民情激憤
連內閣處變不驚

文◎袁詠儀

對於各界抱怨政府在五二六當天沒有採取任何行動保護前往釣魚台海域宣示主權的保釣人士，連內閣作了強烈的反駁。新聞局長李大維稱，五二六當天，政府曾印發了一批印製精美、圖文並茂的說帖，說明了中華民國擁有釣魚台主權的事實。李局長說：「任何人都知道，紙是有浮力的，當天保釣人士其實可以拿一大批說帖出海，遇到事故時，把說帖當作救生衣用。但保釣人士並沒有這樣做，這是他們自己的疏忽，絕非政府軟弱無力、見死不救。」

對於保釣人士稱，四度向保七總隊求救，卻沒有回音，內政部長葉金鳳指出，要求保七救援是要書面申請的，豈是用無線電呼叫幾下就行的，一切都要有程序，保七總隊不可能這麼隨便。

葉部長說：「我建議保釣人士下次若想再去釣魚台抗議，讓我們政府難看，要自備一套衛星傳眞系統、遇上危急時，把救援申請表塡妥後，FAX給保七總隊，我們會在收到申請書二十四小時內作出回應，去或是不去救他們。」

而外交部對保釣人士五二六的行動則表示肯定，外交部發言人說：「還好你們選在章外長不在國內的時候搞這種飛機，不然章外長又要做出一些喪權辱國的事了，好險！」

（退稿原因：小室哲哉演唱會的公關票爲什麼沒有分我一張？既然妳無義，就不要怪我退妳稿子無情。）

1997年6月9日～6月15日

給我報報時事排行榜

三目武夫獨家製作／本周排名

1 國、民兩黨修憲協商破裂。**國民黨只好換一套餌。**

2 交通部卯上華航基金會。**交通部官員有恃無恐，大不了搭長榮。**

3 台商頂新集團將回國投資。**康師傅說：「戒急用忍的人，不給吃我的速食麵。」**

4 蕭登標率眾陳情。**大概看了太多施公案。**

5 西濱工程弊案七官員獲判無罪。**西濱工程弊案也平反成西濱工程瑕疵案。**

6 第一夫人曾文惠動整形手術遭新聞界披露。**憲法的整形手術永遠不比這種整形手術吸引人。**

7 第二屆全國文化會議。**又稱第二屆全國裝飾物會議。**

8 蕭登標再度失蹤。**大哥尿遁，姿勢再美，日後也是笑柄。**

9 「新評會評議問題公聽會」。**應該跟「狂犬咬人公聽會」合併舉行。**

10 林清玄公開演講。**這一次忘了戴頭上那副光環。**

最新消息：

給我報報之採訪記者李友中，日昨一覺醒來，突然發現自己的左眼變成雙眼皮，李友中原本為一雙單眼皮，經此驟變，李友中只好進行雙眼皮美容手術，因此本週現場傳真暫停一次。

1997
給我報報之
退稿驚選

編輯部嚴正聲明，修憲尚未開始

歷史罪人紛紛現形

整理◎拿破崙

各位親愛的讀者，大家好！

日前，副總統兼行政院長連戰先生於同一天分別接受《中國時報》、《自由時報》與《聯合報》三家報紙的專訪，暢談他的施政理念。第二天 ，三家報紙都用大篇幅處理連戰的訪問，令許多其他報紙和國民黨想卡位的人都很吃味。

連戰在三家報紙曝光的當天，本報就接到很多讀者來電，問爲什麼《給我報報》獨領風騷，卻沒有得到連戰的青睞，豈不是很遜？

其實事情的眞相並非如此。

當初，我們也是受邀訪問連戰的媒體之一，可是由於本報記者的某些堅持，才使訪問於最後一刻取消。以下，便是本報與連戰幕僚的交涉電話錄音：

「院長接受訪問時，你們希望他穿什麼西裝？」

「什麼？」

「我是說，院長每換一個媒體訪問，就要換一套西裝，這樣他出現在報紙上的照片才有變化。」

「喔！所以《中時》、《自由》、《聯合報》訪問他，他一共換了三套不一樣的西裝亮相？」

「對，你們希望他穿什麼顏色、什麼款式的西裝接受訪問呢？」

「嗯，他可不可以穿國王的新西裝接受我們的訪問？」

「國王的新西裝？」

「對，國王的新西裝！」

「那是什麼樣的西裝呢？」

「就是他生下來時候穿的衣服嘛！」

「可是院長生下來的時候，哪有穿什麼衣服呢？」

「對呀，我們也光著屁股訪問他！」

「門都沒有！」

「那就算了！」

「卡嚓！」

「卡嚓！」

（退稿原因：總編輯當初希望同仁們訪問連戰時「要他把心裡的話赤裸裸地講出來」，其中「赤裸裸」祇是一種形容，並不是要他一絲不掛。再說，五月的台灣哪有熱到要脫光的地步？）

1997
給我報報之
退稿驚選

安全帽：教你如何不戴它

文◎翁健偉

自從六月一日開始強制執行戴安全帽騎乘機車的規定之後，很多人都對這項政策嗤之以鼻，覺得戴安全帽很累、很麻煩、沒有必要，但是又不得不戴，否則會被罰。其實不戴安全帽跟警察捉迷藏辦法很多，犯不著在家裡嘀咕，請照下列指示行動吧。

●剃個大光頭，然後把腦袋油漆成安全帽的樣子，最好前額再貼一塊塑膠檔風板，以假亂眞。

●爲了保護髮型而不想戴安全帽的人，可以請髮型設計師幫你燙個爆炸頭，然後在上頭著色，塗成一頂安全帽的模樣，大搖大擺上街去。

●每次遇到警察的時候，就把引擎熄火，假裝機車拋錨，跳下來推車。

●隨身攜帶意外險保單，告訴警察伯伯，如果他肯放你一馬，受益人那一欄就寫他的大名。爲了能早日拿到那筆錢，我想人家一定很樂意看你出車禍，說什麼也沒理由阻止你。

●嫌戴安全帽太熱的人，可以用冰塊做一頂安全帽，直接套在頭上，既能保護頭部，又能消暑。

（退稿原因：你以爲戴安全帽寫稿，就很安全不會被退稿，那你又錯了。）

1997年6月16日～6月22日

給我報報時事排行榜

三目武夫獨家製作／本周排名

1 宋楚瑜省長在省議會的反凍省談話。**談話被中央黨部歸入「反動省長」的檔案裡。**

2 永豐餘主管徐凱樂與交大教授何小台涉嫌竊取抗癌祕方在美被捕。**大家忙著找解套的祕方。**

3 新聞局長李大維反擊宋楚瑜省長對連院長下鄉的批評。**「誰說只有宋楚瑜可以演散財童子？誰說的？」**

4 林清玄新妻子產子。**林清玄很高興，一大票算出林老師授精日子的人更高興。**

5 職棒簽賭案展開第二波約談。**球員依打擊次序上場接受訊問。**

6 台北市與蒙古首都烏蘭巴托市締爲姐妹市。**也可以說，烤香腸跟蒙古烤肉締為姐妹烤肉。**

7 「文安幫」對偵辦賣春集團的檢察官發出恐嚇信函。**吃軟飯的想來硬的。**

8 北市成立反綁架部隊。**部隊演習時，葬儀社的人跟得最緊。**

9 宋楚瑜表示他是李總統的最愛。**原來宋楚瑜是個小白球。**

10 台中市搶匪作案時被打死。**亂世用亂槍。**

現場傳眞／採訪◎李友中

記者：「恭喜駕車飛越黃河成功。」

小黑（柯受良）：「萬歲！我覺得自己像一隻飛越黃河的鳥。」

記者：「飛越黃河成功方祕訣是什麼？」

小黑：「在駕駛位上不能閒，飛越時兩隻手臂趕快伸出車窗外拚命揮動增加空氣浮力即可成功，小黑能，你也能！」

1997
給我報報之
退稿驚選

台灣病了
中共怕了

文◎袁詠儀

據中南海高層消息來源透露，鑑於台灣治安問題、垃圾問題、環保問題和貪污問題嚴重，再加上台幣跌至一年來新低，職業增加率爲零，以及社會風氣日益敗壞，黑道當政，中共方面正考慮不再堅持中國統一，而讓台灣獨立。

一位共黨高幹說：「誰要台灣這塊爛地方成爲中國的一部分！？」

中共高層稱，另一個導致北京收回台灣意願大減的原因，就是看到台灣各鄉鎮爲了不讓垃圾進入而奮勇跟公權力對抗、悍衛家園的情景。

一位國務院官員說：「八九年的時候，假如霸佔天安門的不是學生，而是台灣人，中共政權在八年前肯定已被推翻了，解放軍一定敵不過台灣的村、鄉、鎮民。」

另一個讓中共在中國統一問題上三思的因素，就是一旦共黨統治台灣後，共黨官員就要上電視台的CALL-IN節目，接受人民謾罵但還得面不改色，毫不在乎。一位高官說：「坦白說，我們的臉皮實在不及國民黨的厚，這一點我們共產黨甘拜下風。」

所以最近一次的中共中央委員的會議上，便對中國統一及武力攻台的問題上作出「戒急用忍」結論。據一位與會人士稱，江澤民說：「收回這樣的一個爛攤子，值得嗎？而且我喜歡打小白球，總不能爲了國家統一就犧牲不打吧？」

（退稿原因：誇大中共可能犯台的文章才會賣錢，妳這種文章存心跟報社過不去嘛！）

1997
給我報報之
退稿驚選

國發會錯誤的第一步
導致今天修憲大亂

文◎徐小鳳

國民黨和民進黨將於近日聯合舉行記者會，說明最近社會大眾對修憲的諸多譴責，其實是一場很大的誤會，因爲國家現在進行的並非「修」憲，而是「羞」憲，國、民兩黨是要羞辱憲法，不是要修改憲法，民眾完全搞錯了。

國民黨一位發言人說：「我們一直搞不清楚爲什麼社會有這麼大的反彈，後來才知道原來是因爲開始的時候媒體聽錯了，然後又報導錯了，誤導了民眾，我們去年底在國發會達成的共識是要羞憲，不是修憲。」

民進黨的發言人則表示：「對，正是他說的這樣。」隨後民進黨的發言人又補充說：「我們民進黨是有底線的，那就是狗腿的權利也要列入憲法裡才行。」

（退稿原因：老總要妳去跑一條修鞋的新聞，妳跑出這條新聞來幹嘛？）

1997年6月23日～6月29日

給我報報時事排行榜

三目武夫獨家製作／本周排名

1 國、民兩黨修憲協商達成共識。**本週，李登輝勝、宋楚瑜敗。**

2 漢光十三號演習。**趁中共專心於收回香港時舉行，勝之不武。**

3 偵辦白案，警方偵聽調查局組長。**一個抓不到人的單位監聽另一個抓不到人的單位，算術上的表現為0＋0＝0！**

4 嘉義朴子市大同國小應屆畢業生嚴國璋拒領議長獎。**因為蕭議長沒有親自來頒獎。**

5 兩度酒醉駕車撞死人，張更新遭撤銷一審緩刑諭知。**在牢裡，酒醉頂多撞牆。**

6 「反對中國併吞台灣」遊行及晚會。**又稱「民間版漢光演習」。**

7 花旗「前進澳門」廣告違反公平法。**可是不違反賺錢法。**

8 拯救紫藤廬活動。**紫藤廬應該發給拯救者認同卡，喝茶打折。**

9 「亞洲華爾街日報」決定九月來台發行。**不知道有沒有贈送機車的促銷活動。**

10 「現代武訓」王貫英住進養老院。**理論上，養老院裡的垃圾會被撿得很乾淨。**

現場傳眞／採訪◎李友中

記者：「晏山農先生認爲您抛不開父權奶嘴，構築統治者恣意的虛擬中國，如今落得少數人新亭對泣？」

王曉波：「這人胡說什麼『新亭對泣』？自 蔣公逝世，我等淚水早已流乾，時窮節乃見，我們已不再流淚——都改流尿了。」

記者：「您的症狀好像很嚴重？」

王曉波：「醫生要我少閱讀『搞台獨的教科書』，太刺激了，會使新亭變成公廁。」

1997
給我報報之
退稿驚選

認識台灣一波未平
宋家皇朝一波再起

文◎翁健偉

正當新編的國中教科書「認識台灣」系列惹出統獨立場爭議之後，剛上檔的電影「宋家皇朝」也立刻成爲這批反對人士的抗議對象。

他們指出，新編教科書迴避中國，電影亦同，劇中交代孫中山病逝時竟然沒有在床上一邊昏迷一邊喊：「和平、奮鬥、救中國」的口號，可見得編導心中沒有中國。「而且他們還讓趙文瑄演國父」，立委李慶華忿忿不平地表示：「找個經常在電影中，還有書籍封面全裸上陣的男人演孫中山，這成何體統？可見得在打壓中國，這部片子骨子裡就是鼓吹台獨！」

最讓他們難以忍受的是，故事衹演到共匪竊據大陸爲止，至於蔣公和蔣夫人在台灣的豐功偉業，完全不予理會，實在非常可惜。最起碼，導演可以交代一下，當蔣公在台復行視事的時侯，與夫人站在總統府的陽台上，跟底下數以萬計的群眾揮手，就好像「阿根廷別爲我哭泣」的經典畫面一樣，還可趁機安排蔣夫人高歌一曲，與瑪丹娜互別苗頭，錯失大作文章的機會實在可惜。

不過，一位不願透露眞實姓名，但曾經寫過「百齡處方箋」的作者，倒是滿懷期待製作能拍出續集，最好改由舒淇、徐若瑄、鐘眞等本土女星擔綱：「我想知道除了曾文惠女士以外，還有哪些第一夫人也割過眼袋。當然，如果連她們做齒列矯正的細節都拍出來，那就太棒了。」

（退稿原因：不是規定不能太早透露本報有意投資拍攝續集的事嗎？）

1997
給我報報之
退稿驚選

與「消失之阿標」有關之九個問題

文◎周文華

一、假設嘉義縣警局動員警力監控蕭登標，每一名警員最多可以跟丟一位蕭登標，則一百名警員，應該跟丟幾位蕭登標才算合理？

二、試以「以夷制夷」或「以華制華」或「以匪制匪」或「以×制×」之理論，論述今若以擅於「失蹤術」的蕭登標協尋同樣擅長失蹤的林春生等人，其所能獲致的成效。

三、就測字學來看，「蕭」與「消」同音，「登」有「走」之意，「標」字之義則為「目標」、「標的」，則若將「蕭登標」三字解釋為「（警方監控的）目標逃走、消失了」是否合宜？

四、與上題同，但此番不由測字學的觀點來看，試問，「警方監控的目標逃走、消失了」是否合宜？

五、試由風水學與命理學的觀點，論證蕭（登標）宅與蕭（登獅）宅之間那座窄門對蕭登標命運上的影響，答題時並應說明，若沒有了那道窄門，蕭應該如何選擇「失蹤路線」，才不致與其命盤相剋？

六、蕭登標的老哥蕭登旺說，「監控的檢警，應為蕭登標的失蹤負責」，若此理論成立，則是否同理可知「蕭登標不該為蕭登標的失蹤負責」？若又成立，則是否可再引申為「蕭登標不該為蕭登標負責」或「蕭登標不負責」？試說明之。

七、試以蕭登標與伍澤元喊冤音量之分貝大小論述兩人的健康狀況孰優孰劣？

八、警方與蕭登標的「捉迷藏」遊戲有所瑕疵，今警方在痛定思痛之後，設若蕭登標再次現身，試問警方是否應改變「捉迷藏」的玩法，改由蕭登標當「鬼」，請其監控警方所派出的員警？

九、蕭登標在警察節失蹤，試問其接下來是否會選在「嫦娥偷渡

月球紀念日（中秋節）」偷渡出境，並於「孔子媽媽分娩紀念日（教師節）」發表「我是清白的」論文？

（退稿原因：本報這麼多的問題原來都是你搞出來的！）

1997
給我報報之
退稿驚選

嘉義警方手法不凡
魔術大師甘拜下風

文◎袁詠儀

國際著名魔術大師大衛（David Copperfield）日前表示，他考慮邀請台灣嘉義縣警察局跟他一起巡迴表演。大衛說：「嘉義警方讓人失蹤的魔術技巧真是讓人歎爲觀止，我得承認連我都不能做出這麼高難度的表演！」

大衛說，魔術的最高境界就是做到毫無蛛絲馬跡可尋，而嘉義縣警隊已達到此最高境界。大衛說：「除了大魔術師胡丁尼（Houdini）之外，就是嘉義縣警隊了！」

此外，嘉義的各級棒球隊也都考慮把隊名改爲魔術隊，凸顯出該地警隊的過人之處。

而國民黨中央爲了減除凍省的阻力，順利完成修憲，也打算找嘉義警方「監視和追蹤」省議員和官員以及新黨黨員，一名國民黨高層人員說：「假如蕭登標的事情可以再次發生在這些人身上，我們明天便可以凍省！」

（退稿原因：文中提及太多次「嘉義縣警察局」，如果刊登出來，也許整個退稿精選會無緣無故消失，祇好退稿！）

中華民國八十六年

1997

七月

1

七月初七日

己卯占大門

初八立春

2.1

喜神：東北	財神：正北	日煞：西方	日沖：雞66歲

不宜：修造、入宅

宜：開市、嫁娶、安床、牧養

格言

七零八落百毒不侵

星期日

給我報報1997年鑑

日 SUN	一 MON	二 TUE	三 WED	四 THU	五 FRI	六 SAT
1	2	3	4	5	6	7
8	9	10	11	12	13	14
15	16	17	18	19	20	21
22	23	24	25	26	27	28

本月大事記：

1. 娛樂不忘緝兇，新節目「認識逃犯」登場
2. 歸還聲中有一樣東西——英國就是不還
3. 統計學功力深厚，章部長小露一手
4. 鞭刑算什麼，要玩就來玩眞的
5. 股市即使崩盤，吸金仍有妙法

1997年6月30日～7月6日

給我報報時事排行榜

三目武夫獨家製作／本周排名

1　國大二讀爆發嚴重流血衝突。**國大果然是無能，這麼嚴重的衝突，都沒打死幾個國大代表為納稅人省點錢。**

2　教長吳京於會議中宣讀一名國中後段班學生的控訴信。**信寫得很好，如果按能力分班，他應該是前段班資優生。**

3　連戰副總統明白表示參選下屆總統的意願。**那些想搓湯圓的人現在開始就可以準備了。**

4　南部大雨成災。**民進黨執政縣市的首長最倒楣，大水還沒退，李連罵人的口水又加進來。**

5　催眠師馬汀的催眠秀。**一般來講，曾經被蔣公催眠過的人，也比較容易被馬汀催。**

6　李登輝總統在記者會上明白表示台灣不是香港。**難怪化妝品這麼貴。**

7　法務部考慮在某些前提下使用鞭刑。**其實只要把民國改成道光或咸豐，便可大方施行鞭刑。**

8　香港腳治療藥「療黴舒」疑致人於死事件。**人死了，香港腳治好了又有何用？**

9　行政院成立「漢興黨部」。**日後如果民進黨執政，又多了一樣垃圾要清。**

10　阿里山神木倒下。**一旦倒下，擦再多的印度神油也屬枉然。**

現場傳真／採訪◎李友中

記者：「李登輝與宋楚瑜隔空放話互掏心曲，外界卻猜測不已，兩人之間是否存在著一種眞愛？」

孫越：「是，我確定李、宋兩人的感情表現符合我提倡的眞愛運動。」

記者：「你確定兩人之間是貞潔的？」

孫越：「要是宋楚瑜敢對李登輝不忠，我老孫馬上沒收他的『眞愛卡』。」

給我報報1997年鑑

1997
給我報報之
退稿驚選

娛樂不忘緝兇
新節目「認識逃犯」登場

文◎曹端先

白曉燕案案情雖然進入膠著，然而警方偵辦的方式卻有突破性的發展。繼日前公布凶嫌陳進興與林春生的Ｖ８家居錄影帶後，警方再接再厲地製作出以三名嫌犯為主的ＫＴＶ伴唱帶，希望民眾於娛樂之餘，能夠協助緝凶。為響應警方追捕行動，部分縣市亦恢復於電影院中播放國歌，共計目前已製作出國歌「陳進興篇」、「林春生篇」與「高天民篇」等三種版本。

此外，台北縣警方亦於輪休期間，舉辦登山健行自強活動，徹底清查北部山區所有刻有刺青的棄屍，以防三名嫌犯畏罪自殺。台北市各分局則配合新成立的反綁架部隊，還派專員假扮三名嫌犯，協助模擬演練緝凶。至截稿為止，共計模擬逮捕到陳嫌、林嫌與高嫌各四十六、三十七與三十九次，模擬破案率高達95.8％、70.1％與81.3％。根據反綁架部隊的科學分析，陳嫌的模擬逮捕次數較高，乃歸功於先前所公布的Ｖ８家居錄影帶的緣故。警政署長姚高橋獲悉上述突破，特致贈各有功人員加菜金予以獎勵，並期勉全體員警能夠繼續努力，早日偵破各重要案件。

（退稿原因：去ＫＴＶ消費，專心唱歌就好，不要一邊唱歌一邊寫稿，以為這樣就能報公帳。）

1997
給我報報之
退稿驚選

李總統最愛「我！」

「我！」「我！」「我！」「我！」

文◎袁詠儀

自宋楚瑜公開透露，李登輝最愛的兩個人是總統的孫女和他之後，據消息靈通人士透露，傳媒大亨邱復生因此感到心情惡劣，覺得感情被欺騙了。

據一位與邱接近的人士說，邱一直以爲自己跟李總統的感情正穩定發展，有時還會向友人暗示：「李總統除了他的孫女，就是最愛我！」想不到李總統跟宋省長分手不到半年，便又愛火重燃，重拾舊歡，使得身爲第四者的邱復生傷心不已。

該人士透露，邱氏日前含淚對友人說：「小白球是白打了，鮑魚是白請了！還說什麼一步一腳印…………。」說到此，邱便泣不成聲。

但更令人震撼的是，有人看到李總統不久前跟B嫂章容舫祕密約會，便得這段感情關係更爲複雜，而李總統亦曾向身邊的人承認，跟B嫂是「好朋友」。

不過據圈內人士透露，李登輝還有一個姓陳的最愛，雖然兩人才吃過一次飯，而且在浪漫氣氛之下，對方連自己吃了什麼菜都忘記了，但兩人心中「愛不代表擁有」的默契，卻溢於言表，經常不知不覺的就在媒體上互吐心聲，相互呼應，一夜情能夠發展到如此心靈相通的地步，實在是羨煞旁人。

（退稿原因：林清玄的故事怎麼寫成這個德性？）

1997
給我報報之
退稿驚選

新聞短打 小道新聞充斥 修憲永無寧日

文◎周文華

■繼騎機車戴安全帽之後，有人提議應立法強制規定「作愛戴安全帽」。

根據贊同這項主張的人士指出，騎車未戴安全帽，了不起摔死就算了，危害並不大，而做愛不戴安全帽，則不但有可能感染愛滋病，還可能將疾病傳染給另一半，以及另一半的另一半，以及另一半的另一半的另一半，以及………，其影響層面是非常可怕的，所以更應該強制執行。

■嘉義縣大同國小應屆畢業生拒領蕭登標議長獎。根據本報經由側面瞭解，該議長獎是一本錯誤百出的國語字典，例如由該字典中所查到的「議長」一詞，其解釋爲「主持議會的人」，而非「受通緝逃亡者」，因此該小學生拒絕接受。

■職棒黑金案越演越烈，據消息人士指出，如果此案最終定讞的結果有九位以上的職業球員被判刑確定，法務部或許會考慮組成一支，「監獄鱉」職業棒球隊，加入中華職棒的聯賽，而這也將會是全球第一支政府機關所組的職業棒球隊伍。

■好久好久好久好久好久好久好久以前即已準備收網的劉邦友案、彭婉如案及白曉燕案偵辦人員，日前派員至各地漁村向漁民們大量蒐購漁網。據悉，原配發的制式警用法網，已因此三案損毀不堪使用。

■第一夫人曾文惠割除眼袋消息曝光並被媒體妙熱後，許多原擬進行割除包皮手術的政要官員紛紛打消念頭，以免成爲媒體「整容前、整容後」相片上的主角。

（退稿原因：國大修憲的新聞，運用了包括愛滋病、蕭登標、鱉、損毀不堪使用和包皮等文字的短訊作爲隱喻，固然非常有創意，可是文中不見宋楚瑜和李登輝兩個名字，讀者是很難把本文跟修憲連在一起的。）

1997年7月7日～7月13日

給我報報時事排行榜

三目武夫獨家製作／本周排名

1 外交部自柬埔寨撤僑。**可是陳啟禮覺得柬埔寨再危險也比台灣安全。**

2 國大二讀通過取消立院休會期間的人身保護權。**只要有蕭登標的尿遁神功，黑道立委免驚！**

3 因永豐商業間諜案徐凱樂等三人遭美國起訴。**起訴書封面是一幅姜太公釣魚的圖案。**

4 教育部長吳京宣佈四年後高中高職免試入學。**免式，可是並沒有免錢。**

5 施寄青、陳煒著書批判算命案。**全國算命業者竟然沒有一個人算出有此一天。**

6 台北國際金融中心招標案由中華開發得標。**日後國民黨黨庫也因此保證會有個像樣的家。**

7 國民黨國大代表呂學樟因反凍省遭國民黨停職兩年。**凍省又凍人，黨中央好狠。**

8 第一批六萬元一坪勞工住宅於台南縣新市鄉推出。**連家住鴻禧山莊的李登輝總統都稱讚不已。**

9 陳哲南宣佈不參選高雄市長。**謝長廷高興得忘了開記者會致謝。**

10 不滿「認識台灣」教材，新黨李慶華等率眾蛋洗教育部。**教育部：「擁抱台灣竟是如此的痛苦。」**

現場傳眞／採訪◎李友中

記者：「您雖在各地傳道，仍不忘預言『顢頇的爲政者』必招致人民反撲，請問您是否採取拿手絕活『傳教士姿勢』來反撲『顢頇的爲政者』？」

王建瑄：「人民的眼睛雪亮的，他是顢頇的爲政者，我是聖人，你說誰最後該乖乖躺下？」

記者：「尊夫人？」

王建瑄：「顢頇的記者！」

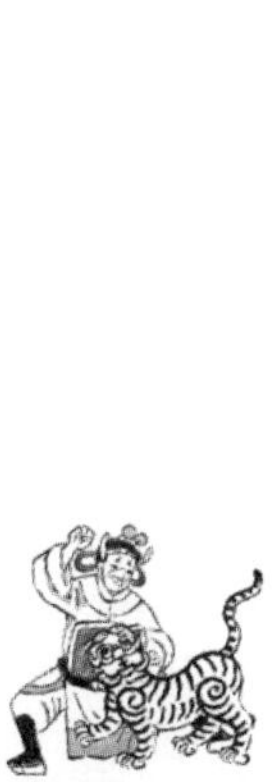

1997
給我報報之
退稿驚選

歸還聲中有一樣東西
——英國就是不還

文◎拿破崙

在風風光光的歸還儀式之後，香港終於重屬中國所有。英國人將所有屬於香港的物件資產交還給中國，過程雖然麻煩工程也極爲浩大，可是對中國政府來講，香港好比是飛來的橫財，所以再麻煩也無所謂。

然而根據坊間流行的一個公開祕密透露，英國人什麼都還給了中國了，可是就是有一項 他們還據爲己有，不但不歸還給中國，許多英國人在中國收回香港後，立即帶著這樣他們在香港獲得的東西，兼程返英，毫無歸還中國的意思。

這項被英國人當作寶貝不肯歸還給中國的香港物件，就是香港腳
。

末代港督彭定康就拒絕透露，他是否已把香港腳還給江澤民，雖然彭的幕僚極力否認彭定康在香港時也得了香港腳，可是一般相信，彭定康在歸還儀式上的表情，正是得了香港腳的人才會有的表情。

對於許多英國人偷偷把香港腳帶離香港不肯歸還中國的行爲，中國政府雖然不滿卻頗爲無奈，爲了掩飾中國政府在這方面的無能與無力感，江澤民祇好在移交儀式上特別強調「一國兩制，港人治港，高度自治」，希望轉移大家對此事的注意力。

（退稿原因：英國爲香港留下那麼多令人稱羨的建設和典章制度，帶走一些香港腳又何妨，做人不要太小家子氣。）

1997
給我報報之
退稿驚選

統計學功力深厚
章部長小露一手

文◎畢安住

香港主權回歸前夕，外交部長章孝嚴強調，「一國兩制」絕不可能適用於台灣。目前可能有10%民眾贊成一國兩制，「都是腦筋有毛病的」。

章孝嚴作出此一聲明，不僅引來北京方面的撻伐，郝柏村、郁慕明等人更紛紛表示要告他誹謗：「姓章的憑什麼說我腦筋有毛病？」他們並套用月光水手服美少女戰士的固定台詞：「我要代替月亮來懲罰你！」接著郝柏村積極聯絡蠟筆小新，要他派不理不睬左衛門做掉章孝嚴，聽到日本方面說沒有這個人，還怒摔電話：「可惡，肯定被監聽了！」

郁慕明安慰他沒關係，反正侏羅紀公園裡失落的世界已經找到了，把姓章的放生到該島上，由迅猛龍料理他就可以。

最後新黨方面也發布抗議聲明，表示章孝嚴不應含血噴人，一國兩制並非窒礙難行，像該黨內訌吵架都還分三班制輪值，運作順暢，足證一國兩制誠爲二十一世紀新中國的趨勢。章孝嚴則澄清自己並非針對該黨諸人，「至少我講那些話時還沒想到他們。」

（退稿原因：寫新聞稿，不要提及太多一般讀者也許不熟悉的名字，例如郝柏村是誰就應解釋一下。）

1997年7月14日～7月20日

給我報報時事排行榜

三目武夫獨家製作／本周排名

1 國大通過凍結省長及省議員選舉。**害得省民不知道要少吃多少頓流水席。**

2 國大完成本次修憲工程。**負責監聽的情治人員終於可以休息了。**

3 教科文預算下限遭國大修憲時取消。**只有沒有教科文IQ下限的國大代表幹得出這種事。**

4 警察學校校長陳璧於退休前夕痛批警政署長姚高橋。**當然不是批姚的八字。**

5 「認識台灣」大辯論。**要是民進黨這一邊用台語，會更像雞同鴨講。**

6 IBA青少棒比賽在台北市舉行。**保證沒有放水，球迷賭得比較安心。**

7 兩大陸劫機犯由金門遣返大陸。**還敢讓他們搭飛機嗎？當然是走水路。**

8 「台灣省政府業務與組織調整委員會」設置要點確定。**深諳被趕滋味的研考會主委黃大洲趕起人來毫不含糊。**

9 「閣樓」雜誌露三點台北地院判無罪。**證明只要不跑出閣樓露三點就沒事。**

10 白小姐大型應召站被查獲。**主持人根本不姓白，好詐。**

現場傳眞／採訪◎李友中

記者：「新聞局披露連戰接受亞洲週刊專訪全文後，您代替連戰說明參選總統要憑三要件，請問是那三要件？」

李大維：「一、國家需要，二、政黨支持，三、選民得失憶症。三條件皆備，連戰先生就會一馬當先競選總統。」

記者：「您希望選民忘記什麼？」

李大維：「連戰先生視察水災災區不小心踩髒他的義大利皮鞋那件事。」

1997
給我報報之
退稿驚選

鞭刑算什麼 要玩就來玩眞的

文◎本報主筆群

法務部長廖正豪日前表示，如果治安仍未改善，法務部將順應民眾期望與社會需要，考慮採用鞭刑以嚇阻犯罪。

《給我報報》認爲，鞭刑固然比較會讓壞人心生警惕，可是還嫌不夠嚴厲，爲了遏阻各種犯罪，法務部有必要採取更進一步的措施，以順應更多民眾的期望和更大的社會需求。

《給我報報》因此建議廖部長：

■所有向民眾索賄的貪官污吏，應該把他們的手剁掉，如果是用腳收錢，則剁腳，絕對不要寬貸。剁下來的手腳，應泡在防腐的福馬林藥劑裡，用透明玻璃罐盛好置於各機關服務台，讓民眾參觀。

■向官員關說工程案的民意代表，應該把他們的舌頭割掉，做成標本，置於各議會的LOBBY供人欣賞，也好讓大家知道爲什麼某些民代即日起只能提書面質詢，無法做口頭質詢。

■有強姦民意事實的官員和民代，不分首從，一律把生殖器閹掉再講，如果閹掉之後再犯，則可將其視爲特異功能人士研究。

■看不清時代潮流的官員和民代，留著一雙眼睛也是讓人生氣，應該把這些人的眼珠挖掉，如果爲了講求挖眼珠時的效果，可讓猛鷹餓個幾天，再讓牠去啄這些人的眼珠，一定令人更加難忘。

■選舉時亂開空頭支票給選民，選上就忘得一乾二淨的官員與民代，應在推出午門斬首之後，將他們的項上人頭掛在熱鬧十字路口的交通號誌上面，適足以作爲有亂開空頭支票習慣者的警惕，看他們以後還敢不敢再空頭下去。

■經常勇於內鬥，造成政治不安的官員，則把他們丟到動物園的獅子籠裡，用古羅馬懲罰奴隸的方式來教訓這些人。此法的好處是動物園的獅子吃飽人肉，三餐花費自然減少，可替納稅人省錢。

■當然，最足以讓頑劣官員和民代心生警惕的，還是包青天用的鍘刀，而且開鍘的時候，應開放電視實況轉播，以國人喜歡看包青天的收視率品味而言，一定會

有很高的收視率。

總之，刑罰之所以有效，就是因爲它的嚴厲令人心生畏懼，使人不敢再犯，可是鞭刑這玩意兒跟本報建議的刑罰方式比較起來，實在是小兒科，因此我們在此鄭重勸告廖部長，爲了滿足我們，不，社會大眾的需要和民眾的期望，請從善如流，該剁的剁，該鍘的鍘，不要再心慈手軟了。

（退稿原因：人家廖部長提到的鞭刑，對象是老百姓，你們這些主筆提到的酷刑對象，全是官吏和民代，你們想害編輯部所有同仁都吃皮鞭啊？）

1997
給我報報之
退稿驚選

一二三四五六八
小學教育算白搭

文◎拿破崙

催眠大師馬汀日前在電視上對一群政治人物催眠，結果璩美鳳最進入狀況，不但大跳艷舞，另外，在她的數字觀念裡，也沒有「七」這個數字。

雖然後來馬汀讓璩美鳳不再「忘七」，可是據一些接近美鳳的人指出，她的「七」還是沒有回來。

「那天我問她要不要參加七七事變六十周年紀念，她說不要，因爲七七事變並不存在，」一名璩美鳳的友人悲痛地說，「她只知道八月八日父親節和六月六日斷腸時，卻不知有七月七日蘆溝橋事變，太可怕了。」

「美鳳變了，」另一名友人說，「她現在已無七情，只有六慾，好可怕喲！」

璩美鳳家附近7—11便利店裡的員工也證實，以前她常來店裡買大燒包的，可是自被催眠之後，她已不去7—11買東西。記者向璩美鳳求證此事，她說：「11便利店，我常去呀，可是現在找不到這家店了，大概搬了吧？」

一名璩美鳳的追求者對此發展頗爲憂心，因爲原先他與璩已約好，要一起過今年的七夕情人節，「照這樣看來，飯局是泡湯了，」這名男士說，「因爲七夕是不存在的，唉！」

不過並不是所有認識璩美鳳的人對她的「忘七」症狀都感憂心，宋七力便對友人表示：「終於擺脫璩美鳳這小妮子了，媽的，去年被她整得好慘，」宋七力心有餘悸地說，「宋力這個名字是無力了點，可是只要璩小妮子忘了七力我這個人，東山再起指日可待。」

雖然「忘七」帶來許多不方便，不過據說璩的家人並不在意，「總比忘八要好吧？」他們如此表示。

（退稿原因：拿破崙你才忘八哩，要你買八寶飯你給我買到那裡去了？）

1997
給我報報之
退稿驚選

國大暴力沒人認錯 逼得泰森再度道歉

文◎戴奧辛

美國前重量級拳王泰森日前因爲比賽時咬對手的耳朵被判失格而輸掉比賽，賽後，他立即召開記者會向對手及拳迷道歉。

已經道過歉的泰森日昨又召開記者會，不過這一次他道歉的對象只限於台灣民眾。

泰森在記者會上表示，國民大會二讀會的流血衝突，有那麼多國代掛彩，他感到很遺憾，願意爲此不幸事件向台灣人民道歉，希望大家再原諒他一次。

泰森說，他從電視錄影裡看到發生在中山樓的野蠻畫面，心中非常痛苦，所以趕快召開記者會，向受傷的國代及他們的家屬致歉，並希望此事不致影響他的拳擊生涯。

「可是你並沒有打高寶華和湯紹成啊！」一名記者問他。

「我不知道，」泰森說，「我的經紀人曾經對我說，承認自己的行為有如猴子打架並且認錯，對我的拳擊生涯比較有利，所以我一看到中華民國在台灣在陽明山的中山樓的那五、六十隻猴子打成一團，直覺地便決定召開記者會認錯。」

「那五、六十個打架的並不是猴子，」出席記者會的一名記者不悦地表示，「他們是中華民國在台灣的國大代表。」

「國大代表？」泰森露出頗為羨慕的眼神表示，「原來在台灣，猴子只要穿上西裝，就有一個這麼好聽的名詞送給他們。」

(退稿原因：猴子爲靈長類動物，把他們比爲國大代表，是對猴子的不敬，應避免之。)

1997年7月21日～7月27日

給我報報時事排行榜

三目武夫獨家製作／本周排名

1 宋楚瑜召開記者會要求中央於一日內處理辭呈。**更令人驚訝的是，他沒有哭。**

2 李昂發表小說「北港香爐人人插」引發風波。**就是「北港香爐人人猜」風波。**

3 自立報系VS.國安局。**其實自立報系只要把情治人員竊聽當成是已經在屁眼裡存在多年的痔瘡，就不會這麼生氣了。**

4 中央有意批准安楚瑜辭呈的傳說。**可見要成立亞太謠言中心只需兩天的時間。**

5 國民大會閉幕。**黨政高官作樂結束，檢警可以開始放心取締台北的色情酒廊業。**

6 我國駐柬埔寨代表朱浙川返台。**手裡提的那瓶大瓶「約翰走路」，是準備在檢討會議上敲自己頭的時候用的。**

7 「冰晶療法」主持人吳靜儉遭收押禁見。**這才真正是癌症患者的福音。**

8 三光吉米鹿遭公平會處分。**因為三光吉米鹿堅持，健康床墊跟處女一樣，開封之後就不能退貨。**

9 「望安一號」綠蠵龜洄游三年後重返澎湖。**發現縣長已經換人。**

10 治平專案被告國大代表蔡永常獲准保外就醫。**其他祥和會的人從陽明山回來，他從綠島回來。**

現場傳真／採訪◎李友中

記者：「您親率百人蛋洗教育部實在非常英勇，請問您怎麼會有那麼多蛋？」

李慶華：「我自從當年爲討好中國隊在自己國家以肛門遮掩自已國旗之後，就變得很會下蛋。」

記者：「您把蛋都丟光了，不就沒蛋了嗎？」

李慶華：「中國主子滿欣賞像我這種沒有蛋的男人。」

1997
給我報報之
退稿驚選

香港回歸已兩周，多項「第一」仍未締造

文◎翁健偉

香港回歸前後，大家都趕搭熱潮湊熱鬧，像是「回歸前最後一對結婚夫妻」「回歸後第一對結婚夫妻」「回歸後第一任選美佳麗」等等，非常風光，不過既然要炒作回歸熱，還有很多事情其實都是香港居民可以做的，出風頭嘛，以下是我們的建議名單，保證上報。

■回歸後第一個游過維多利亞港，遞交給對岸民眾「青天白日滿地紅」國旗的香港人。

■回歸後第一個宣布退出歌壇，然後又復出歌壇的香港人。

■回歸後第一個被「壹周刊」「蘋果日報」「偷拍」「跟蹤」的香港人。

■回歸後第一個劫機到台灣「起義來歸」的香港人。

■回歸後第一個宣布放棄綠卡，心向祖國的香港人。

■回歸後第一個偷偷摸摸跑去割眼袋，被「新新聞」活逮的香港人。

■回歸後第一個生病住院，昏迷在病床上，還喃喃自語「和平、奮鬥、救中國」的香港人。

■回歸後第一個站在街頭大喊「共產黨退回去」的香港人。

■回歸後第一個背完整本「毛語錄」的香港人。

■回歸後第一個鬥爭左鄰右舍、爸爸媽媽的香港人。

■回歸後第一個站出來承認自己看不懂王家衛電影的香港人。

■回歸後第一個站出來承認自己聽不懂王菲在唱些什麼的香港人。

■回歸後第一個不用替身，親自演出危險動作，卻不愼受傷的香港人。

■回歸後第一個坦承自己生命第二春已經到來，引來社會軒然大波，最後指責都是「嗜血的媒體」搞的鬼，並發誓年底前不再公開演講的香港人。

■回歸後第一個看到「海洋公園」的殺人鯨逆流而上，從此立定志向，要做一番轟轟烈烈事業的香港人。

（退稿原因：恭喜你成爲「回歸後第一個從台灣報導香港事務，結果被退稿的假香港人」。）

1997
給我報報之
退稿驚選

股市即使崩盤
吸金仍有妙法

文◎周文華

股市持續發燒，加權指數逼近萬點，風險相對增加，加以近來泰銖、菲律賓披索等東南亞貨幣大幅貶值，將可能影響台幣匯率，亦可能導致外資撤離。因此股市投資人在現階段的投資策略中，除了提高警覺、愼選投資組合外，更應擬定一套完善的「籌錢術」，以免一旦股市崩盤遭套牢時，衹能以「跳樓」的方式榨取親朋好友們微薄的「奠儀費」。

原則上，籌錢方法至少有一萬種，巧妙雖各有不同，然而其中的9996種，不外乎由下列四法所演化而來，衹要能徹底瞭解「吸金大法」中四法的運用，相信你的字典裡，永遠不會有「資金套牢」四字。吸金大法中的四法如下：

一、**偷**　偷的方法很多，有犯法的偷，也有不犯法的偷，例如偷老婆（老公）的私房錢，老婆（老公）多半不會告你；再不然偷自己的錢，即使被逮到了，相信也能夠大事化小，小事化無。

二、**拐**　拐的方法也有很多種，例如投稿《給我報報》，拐取《報報》的稿費，或索性在投稿的文章中寫著：「你們的報紙現在在我的手上，限你們三日內準備五百萬，不然我就將你們的報紙撕掉。」相信《給我報報》即使偷拐搶騙極盡所能，也一定會爲您籌到這筆錢。

三、**搶**　不一定是搶錢，搶錢當然是犯法的，雖然也可以故技重施，搶搶老婆（老公）或自己的錢，然而意義並不大。「搶」也可以是搶時間，或搶時機。例如您在無意中打聽到某人剛從《報報》那裡拐到一筆錢來，也可以搶在這個節骨眼上前去打打秋風，相信必能有所斬獲。

四、**騙**　連續三年在富比士排名世界首富的比爾蓋茲先生，可說是善用此法的個中翹楚。其創設的Micro Soft公司，所研發的MS-DOS、Windows、Offic等軟體，沒事三天兩頭就改個版，消費者口袋裡的鈔票也就隨著改版一把把地被騙進了他的口袋。

（退稿原因：擅自把《給我報報》奉爲立報精神的四個字拿來亂寫成什麼吸金大法的四大法，你這個數典忘祖的東西！）

中華民國八十六年

1997

1

八月

八月初八日

初八立春

己卯占大門

2.1

喜神：東北 財神：正北 日煞：西方 日沖：雞66歲	**不宜** 修造 入宅
宜	開市　嫁娶 安床　牧養

星期日

八月

格言

八仙渡海發人深省

給我報報1997年鑑

日 SUN	一 MON	二 TUE	三 WED	四 THU	五 FRI	六 SAT
1	2	3	4	5	6	7
8	9	10	11	12	13	14
15	16	17	18	19	20	21
22	23	24	25	26	27	28

本月大事記：

1. 白小姐應召站鳥獸散李先生應召站繼續搞
2. 連戰出自傳，被疑影射宋楚瑜
3. 北港香爐林麗姿從容接受本報採訪
4. 從裸睡風波談裸睡（不談風波）
5. 人禍政府束手無策，天災應可設法管制

1997年7月28日～8月3日

給我報報時事排行榜

三目武夫獨家製作／本周排名

1 北市議會通過「自肥條款」。**陳健治驕傲地從A罩杯升級至D罩杯。**

2 股市登上萬點。**許多人賺了錢，卻不能去「一代系列」玩，真哀！**

3 北市議會退回「自肥條款」。**退不回的，是一身的油膩。**

4 吳京周遊台灣推展國中常態分班。**應該打扮成孔子，背著「有教無類」的牌子去感動那些不肖校長。**

5 殷宗文控訴自立早報發行人及總編輯。**在白色恐怖的遊戲裡，這倒是新招。**

6 「冰昌案」扯出高雄市長吳敦義夫婦。**奇怪，他們又沒得癌症。**

7 國民黨黨管會主委劉泰英公開推薦營建股。**太謙虛了，怎麼不順便推薦自己的屁股？**

8 台中地檢署檢察長王柄輝決定退休。**於是一票貪官污吏決定復出。**

9 「一代系列」酒店遭檢警大規模搜索。**照例搜出一票保險套。**

10 農委會表示傾向禁止用餿水養豬。**那麼以後台北市議員退職之後，吃什麼？**

現場傳眞／採訪◎李友中

記者：「凍省三讀通過，新黨爲何到議場外的國父銅像前默哀。多人還當場淚灑銅像，場面悲戚？」

新黨國代：「兩黨毀憲，我們拒絕爲亡國憲改背書。」

記者：「這麼多人淚灑銅像，國父銅像有何反應？」

新黨國代：「溼了。」

1997
給我報報之
退稿驚選

適時新聞短打
報報先馳得點

文◎拿破崙

■國民大會凍省案決戰前，國民黨動員也達最高潮，爲了遊說宋楚瑜，國民黨派出謝隆盛、劉松藩和王金平前往宋楚瑜處。可是在談話時宋卻因爲副省長吳容明遭情治單位調查之事，氣得把面前一塊玻璃都敲碎了。至於謝、劉和王三人之中是誰的玻璃被宋楚瑜敲碎，本報正在調查中，不過從三人走路的姿勢看來，好像玻璃都沒問題。

■台視董事長簡明景日前病逝，遺缺己成連戰、宋楚瑜角力的新戰場。獲悉，雙方要推出的人選，以及其他對此位子有興趣的人，都已打包好睡袋、換洗衣物、強力膠，隨時可以搶先住進董事長辦公室，用強力膠把自己給黏在裡面，以造成既成事實的方式達到入主台視的目的。

■警察大學校長陳壁日前在發表退休感言時，痛批警政署長姚高橋應該爲警察士氣低落而下台負責。根據本報的調查，陳、姚交惡，主要還是和警政署的卡位之爭有關，因爲陳壁有三次在警政署想上大號時，位子都被姚高橋佔住不給他上，陳壁祇好把大便一直憋在肚子裡，一直到日前要退休了才一口氣拉出來。

（退稿原因：拿記者，你在編輯部排名第四，第四棒都是打長打的，你打這麼多短打幹嘛？）

1997
給我報報之
退稿驚選

白小姐應召站鳥獸散 李先生應召站繼續搞

文◎戴奧辛

警方日前破獲旗下應召女郎達三百多名的「白小姐」應召站之後，又在國民大會凍省案決戰之前，破獲一個人數亦有數百人且幾乎都是牛郎的「李先生」應召站。

新破獲的「李先生」應召站，旗下牛郎不乏高學歷者，原本打算在暑假期間大撈一筆，不料卻被破獲。

據警方表示，「李先生」應召站旗下的牛郎，每天與經紀人聯絡，並且報告經紀人他當天的身體狀況是「舉」或「不舉」，如果是舉，就表示他的那隻很聽話，舉得起來 ，可以上班；反之，如果是不舉，就表示很累，不想上班，要休息一下。

警方說，「李先生」應召站除了規模相當大之外，也頗有制度，與一般的應召站不同。例如旗下牛郎如果日後不想做，應召站便會安排爲他們「轉換跑道」，比方說將他們升級爲「經紀人」，每天在應召站內聽電話，安排聯絡事宜。

由於應召站之間的競爭激烈，「李先生」應召站爲防止旗下牛郎變節，還設有監聽部門，偷聽牛郎之間或者牛郎與客人之間的電話，以防牛郎吃裡扒外，在此次破獲行動中，有一名叫殷宗文的經紀人，就是專門負責偷聽牛郎電話。

雖然警方早已破獲此一規模龐大的應召站，不過不知爲何原因，卻遲遲沒有對外宣布。一般相信，也許是應召站主持人「李先生」政經關係比「白小姐」要好，所以「白小姐」艷窟一經查獲馬上在媒體上曝光，「李先生」應召站卻安然無恙繼續運作。

（退稿原因：怎麼沒有從警方那裡拿到應召站的寫眞照片？這種文章衹有文字沒有圖片怎會好看？）

1997
給我報報之
退稿驚選

服裝大師雖已遠去
可是他永遠在我們的心中

文◎翁健偉

自從服裝大師凡賽斯在邁阿密的別墅門前被人射殺身亡後，各界除了深表震驚與哀悼，也對此一不幸事件作出反應，以下是《報報》的採訪：

●台灣許多名流聽到噩耗，不禁痛哭失聲，他們不是為了大師死去而難過，而是：他死了以後，我該上哪去買衣服，襯托我的身價才好呢？嗚……此話一出，令人為之鼻酸。

●台灣許多窮老百姓聽到噩耗，也跟著痛哭失聲，他們不是為了大師死去而難過，反正也買不起他的衣服，而是：他死了以後，萬一有一天我發了財，該上哪去花錢，掩飾我的暴發戶品味才好呢？嗚……此話一出，令人為之鼻酸。

●「2100全民開講」節目決定移師美國、義大利現場製作多集特別節目，與死者的親人暢談案發後的心情，像是「沒有凡賽斯的母親節」、「沒有凡賽斯的端午節」、「沒有凡賽斯的中秋節」等等，都是預定中的節目。有人懷疑沒有了凡賽斯跟過節有什麼關係，濤哥反駁說：「怎會沒有，沒有了大師設計的漂亮衣服，哪來過節的氣氛啊？當然要做call-in。」邱董並決定現場直播大師告別式，因為「既然出殯的是服裝界的名人，可想而知喪服一定很好看，出席來賓的行頭一定更棒，效果直逼奧斯卡星光大道，有噱頭！絕對能提高收視率。」

（退稿原因：本文顯然蓄意嘲諷總編輯穿凡賽斯設計的丁字褲這個事實。）

1997年8月4日～8月10日

給我報報時事排行榜

三目武夫獨家製作／本周排名

1　國華航空班機在馬祖發生空難。**因為此不幸事件，馬祖機場的改善應該可以在八年之內完成。**

2　中華職棒三商虎球員遭黑道分子挾持。**黑道派出七、八、九三棒，三商虎就招架不住了。**

3　「新八七水災」。**官員們講的話，怎麼跟去年同一地區水災後他們的發言一模一樣？**

4　李登輝總統痛批省府干擾修憲。**顯然直到現在為止，每天晚上都還在做修憲的惡夢。**

5　蕭燈獅指出職棒簽賭案裡有一省議員涉案。**相不相信，該名目前正在加拿大訪問的省議員當時正在簽多倫多藍鳥隊的比賽？**

6　黃信介表示將出任國統會副主委。**信介仙沒有時間去等民進黨執政了。**

7　吳啓成成爲第一名由大陸押解返台的治平專案對象。**一票在大陸的台灣大哥又要搬家了。**

8　施明德出面表示對「北港香爐人人插」小說的看法。**很遺憾亂插鹿港香爐竟會引起這麼大的風波。**

9　北市議會陳學聖、秦慧珠卯上北市政府羅文嘉。**一軍都去喝咖啡了，二軍還打個不停。**

10　高市東帝士大樓的傾斜傳聞。**果真屬實，也可仿比薩斜塔成為旅遊焦點。**

現場傳眞／採訪◎李友中

記者：「您威脅行政院必須在二十四小時內批示您的辭呈，請問您爲什麼會突然急著想離開省長的崗位？」

宋楚瑜：「我想拉屎。」

記者：「您吃壞了中興新村的東西？」

宋楚瑜：「沒有，就是想拉屎。」

1997
給我報報之
退稿驚選

連戰出自傳
被疑影射宋楚瑜

文◎翁健偉

話說李昂寫的《北港香爐人人插》爆發影射陳文茜風波之後，剛剛出版自傳《連戰》的副總統兼行政院長連戰先生，也傳出被宋楚瑜指摘其自傳有影射之嫌。

為什麼連戰的自傳會被認為在影射宋省長呢？宋楚瑜說連戰以前當過省主席，他也當過省主席，還是現任末代省主席，光憑這點就叫人覺得作者有「對號入座」的企圖。

還有，連戰以前曾被困在圓山飯店的電梯，卻能安然脫險，而宋楚瑜雖然沒有被困在電梯的經驗，不過倒也去過圓山飯店，從這種種巧合看來，書中人活靈活現就是他。

另外讓宋楚瑜感到不服氣的地方，就是連戰伉儷近來時常接受媒體專訪，流露出夫妻情深的模樣。宋省長表示，前陣子他在省議會答詢時，不就講過不在乎李總統愛不愛他，「祇要我老婆愛我就好了」，一樣也是伉儷情深，所以連戰分明就在模仿他、諷刺他。類似的疑點像是連夫人曾經親手下廚煮餛飩麵給老公吃，宋夫人則擅長煮蚵仔麵線；連戰的台語很破，宋楚瑜的更破；……看來看去，實在是氣死人了。

但是宋楚瑜再三強調一點，連戰夫婦很喜歡看《時報周刊》，他看的則是《新新聞周報》。因為訂《新新聞》可以得到一輛機車，在擁擠的台北可以穿梭自如，但是機車對於吃個午飯都有警車開道的連戰派不上用場，所以連戰家寧願訂《時報周刊》還可得到Swatch錶一只，襯托身分地位。所以宋省長說如果連戰想挖苦他，最好學得像一點。

（退稿原因：訂《給我報報》可以得到總編輯香吻一個，這麼好康的事，為什麼不寫呢？）

1997
給我報報之
退稿驚選

小說充滿影射
本報忙著查證

文◎本報查證中心

小說家李昂日前發表《北港香爐人人插》，其主角被多人稱影射他人，本報爲了證實此傳說，特別將小說仔細看過一遍，結果發現文章中果然充滿影射，以下，便是本報整理的結果。

原文出現的文字	疑被影射者	候補被影射者
國母	蔣經國之母	連方瑀
一杯咖啡	淡水河的水	外交部
來自國外的女性主義者	瑪丹娜	貓女
有理想、良知的年輕男性知職份子	本報總編輯	本報主筆群
公共廁所	新聞評議會	各風景名勝
娛樂的中心	立法院	國民大會
白種男人身體	馬英九的身體	瑪爾寇梁的身體
九○年代	當代雜誌	六0年代
前後抽插的動作	國民黨中生代卡位戰	黃任中和乾女兒談天
青面獠牙的男神	蠟筆小新	蔣公銅像
表兄弟	蔣經國	郝柏村
一場稱職的演出	林清玄談佛說理	蘇志誠放話
玻璃	國民黨從政同志	指數常常破來破去的台灣股市
倒楣鬼	職棒球迷	陳文茜
代誌就大條了	本報總編輯狹路與賴國洲相遇	電視遙控器不見了

（退稿原因：此文影射本報程度低，看不懂《北港香爐人人插》一文其實是影射國、民兩黨聯手凍省。）

1997年8月11日～8月17日

給我報報時事排行榜

三目武夫獨家製作／本周排名

1　白曉案三嫌再犯陳姓商人綁架案。**誰說這三個人好吃懶做？**

2　馬祖機場塔台氣象觀測員歐陽康燕因空難事件自焚。**新聞應該配合巫啟賢的「太傻」一起播出。**

3　警政署長姚高橋因白案三嫌再犯案辭職獲准。**三個爛桃殺一士。**

4　北市府擬於明年七月發放「兒童津貼」。**「兒童津貼」是學名，俗名是「選舉大補帖」。**

5　我國與查德共和國復交。**我國的邦交國數目和查德國庫都有進帳。**

6　行政院正式批示明年起實施隔周休二日制。**一些資本家只好實施隔周加班二日制。**

7　連戰痛斥內政部和法務部的本位主義。**並舉中央政府和省政府的合作無間為例子，要求大家學習。**

8　國安局長殷宗文自訴自立早報加重誹謗案開庭。**殷宗文因為滿臉豆花所以沒有出庭。**

9　台視召開臨時董事會結果宣告流會。**鄭逢時升不逢時。**

10　北市將147名路霸移送法辦。**相不相信，開庭那天，法院四周的道路將被霸佔得舉步維艱。**

現場傳眞／採訪◎李友中

記者：「您新近發表大作『北港香爐人人插』令人讚嘆，請問您的小說究竟影射的是什麼？」

李昂：「箭豬。」

記者：「一隻小小的箭豬，就激起執筆的強烈慾望？」

李昂：「牠長得像文茜。」

1997 給我報報之退稿驚選

全台，不，全球獨家報導

北港香爐林麗姿從容接受本報採訪

文◎翁健偉

自爆發「北港香爐風波」以來，各大媒體紛紛以追逐李昂、陳文茜、施明德爲樂事，《大成報》甚至以「自彈自唱」的方式連續大篇幅報導，殊不知這些作法完全忽略了小說女主角林麗姿本人。於是本報矢志找出林麗姿。皇天不負苦心人，經過《報報》記者努力打聽，終於和她聯絡上，以下便是本報的獨家電話專訪。

問：請問是林麗姿小姐嗎？

答：是啊，我就是。請問哪裡找？

問：我是《給我報報》的記者，可不可以耽誤你幾分鐘時間，接受我們的專訪？

答：訪問我？我有什麼好訪問？

問：咦，妳沒看報紙啊，這幾天爲了妳被寫進小說的事情，大家都吵翻啦！

答：我被寫進小說？我怎麼都不知道！是誰寫的？

問：就是李昂嘛！妳先不要管這個，我問妳，妳有沒有一次在「二二八受難者」紀念晚會上，穿著很性感的衣服，露出雪白色的背部，引起群眾譁然？

答：有啊，因爲那天群眾很多，捧場的客人自然多囉。不穿成這樣，是要怎麼做才行？

問：天啊！原來李昂寫的是眞的。還有，妳覺得自己是不是靠著身材，一步步爬升到今天的地位呢？

答：哎喲，我說這位記者先生，這個道理你該比我清楚，像做我這行的沒有點身材，是要怎樣混下去？不是早就回家吃老米飯。

問：哇，還眞的被李昂寫中了咧。那我再請問妳，妳是不是很喜歡模仿瑪麗蓮夢露，在公開場合噘起性感的嘴唇？

答：我是很喜歡噘嘴唇啊，不過我對瑪麗蓮露沒什麼研究，我比較喜歡松田聖子。

問：爲什麼？

答：因爲她男朋友好多喔，一個接一個，永遠都不寂寞。

問：原來妳嚮往擁有很多男朋友啊。既然妳都這麼說了，那，林麗姿小姐，我不得不問妳這麼個問題——妳是不是有很多「表兄弟」？

答：是啊，你怎麼知道，我們家

是大家庭啊，表兄弟好多喔，經濟負擔很重，所以我才會來做這一行。

問：做這行？難道這行比較好賺嗎？

答：祇要穿得漂漂亮亮，坐在這邊切切檳榔，收入眞的很可觀咧

問：什麼？切檳榔？妳不是在反對黨上班嗎？

答：誰跟妳說我在反對黨上班？我對政治一點興趣都沒有？

問：那妳是做哪一行？

答：檳榔西施啊！

（退稿原因：爲了保護你不被李昂寫進她下一部小說當二流男配角，退稿是必要的。）

1997年8月18日～8月24日

給我報報時事排行榜

三目武夫獨家製作／本周排名

1　汐止林肯大郡災變。**垮的是林肯大郡，不垮的是貪官污吏。**

2　白曉燕案兇嫌在北市與警方展開街頭槍戰，林春生遭擊斃。**有現場轉播，美中不足的是，沒有匪徒中彈後的慢動作重播。**

3　立委蕭萬長將出任閣揆。**哭鐵面下台，笑鐵面上台。**

4　行政院兼院長連戰提出內閣總辭。**揮揮手，不帶走一片雲彩，所以行政院還是一大片烏雲罩頂。**

5　簡又新內定爲外交部長的傳聞。**有關說長才的人，理應出掌外交部長，以利金錢外交的推展。**

6　台北市長陳水扁休完假返國。**回國之後，就忙著參加不是由內湖高中舉辦的水球大戰。**

7　白曉燕案偵結，張志輝等十二人被起訴。**起訴書跟防彈衣一起送到法官那裡。**

8　新黨四歲黨慶。**生日快樂之後，大老們沒有用生日蛋糕互擲，可見內鬥只是暗中進行。**

9　同志團體要求北市警方爲「731常德街事件」道歉。**「革命尚未成功，同志仍須努力——孫文。」**

10　北二高全線通車。**第一批把全線走完熟悉路線的，當然還是拖吊車和殯儀業者。**

現場傳眞／採訪◎李友中

記者：「請問女星跟富商裸睡和女星跟窮小子裸睡，兩者之間有何不同？」

林清玄：「富商身體比較油，女星抱著富商裸睡可以順便得到潤膚效果。」

記者：「可是您常勸導世人，要多跟窮小子裸睡，才能『打開內心的門窗？』」

林清玄：「打開你的頭。」

1997
給我報報之
退稿驚選

從裸睡風波談裸睡
（不談風波）

文◎翁健偉

日前王姓女星到法院按鈴申告三家媒體，指稱他們在新聞中報導她與富商裸睡等等事情並非屬實，破壞她的名譽。這件事讓人不禁思考，究竟裸睡有什麼好值得大驚小怪的呢？

其實，裸睡除了容易著涼以外，好像沒什麼壞處。況且跟人裸睡就裸睡嘛，幹嘛緊張兮兮呢？媒體最喜歡捕風捉影。不過，如果是跟狗裸睡，那可就是天大的消息了，對不對？可是話說回來，狗啊、貓啊、豬啊、牛啊這些動物，每天不也是「裸睡」嗎？你有看過需要蓋被子才能睡著的豬沒有？所以我們人類也該跟豬看齊，天天裸睡，就不怕得到口蹄疫。

至於裸睡需要注意哪些事項，本報經過整理後有下列幾點寶貴的建議：首先，會夢遊的人不要裸睡，光溜溜地走來走去有點嚇人；會尿床的人應該裸睡，萬一尿床的話也可少洗一件內褲：住在登革熱疫區的人不要裸睡，免得白白變成蚊子的點心，而且全身紅腫好難受喔。

對了，還有人問到假使晚上養成裸睡的習慣，那麼睡午覺，打瞌睡的時候要不要也脫光光呢？答案是要，不過要小心不要被人偷拍裸照拿去避邪，那就一點好處都沒有。

（退稿原因：本報員工手冊記載得很明白，文章露三點以及在露三點情況下寫成的文章都不採用。）

1997
給我報報之
退稿驚選

李總統外訪目的多變

文◎袁詠儀

鑑於格瑞那達在日前宣布取消李登輝到訪的計劃，外交部爲了避免一旦再有臨時變卦情事會讓李總統此行黯然失色，已決定把總統的中美洲之旅擴大爲中美洲和金馬之旅，也就是說，李總統九月的行程，將會增加金門和馬祖兩處地方。

外交部的消息人士透露，面對中共的龐大壓力，中南美洲若干邦交國家顯然有向中共屈服的跡象，爲了避免有更多國家臨時宣布取消李總統的訪問計劃，將使得李總統的中美洲之旅變成祇去一、兩天便要回台灣，外交部決定李登輝也到金、馬訪問，假如中美洲之旅沒有發生變故，李登輝便照原訂計劃訪問各邦交國，回到亞洲時，可順便經過金、馬逗留個幾分鐘。

外交人士說，但假如中美洲之行祇能訪問一、兩個國家，李總統便會到金、馬兩地各待數天，讓離開台灣的日數能湊足十二天，以免太難看。

外交部並透露，雖然美方嚴禁李總統在夏威夷過境時有任何公開活動，連開記者會也不行，但李總統將會在夏威夷高歌電視劇集「檀島警騎」（Hawaii Five-0）的主題曲，讓電視媒體把畫面用衛星送回國內給國人看。據悉，美國務院已經默許李總統在夏威夷過境時高歌一曲，但國務院要台灣方面保證李總統不會走調才行。

（退稿原因：中共如果知道李總統的行程或者活動內容，可能會害得李總統在夏威夷看不成草裙舞。）

1997
給我報報之
退稿驚選

十個李總統女婿應該出掌文建會的理由

文◎戴奧辛

根據媒體指出，政府決策當局目前正在評估李總統女婿賴國洲出任文建會主委的可能性，雖然許多文化界人士都對李總統女婿準備掌管文化事務的傳聞表示最大的不屑與不齒，可是《給我報報》卻認爲，李總統的女婿賴國洲如果眞能出任文建會主委一職，也未嘗不是好事。以下，便是《給我報報》列舉十個李總統的女婿賴國洲爲什麼應出任文建會主委的原因：

一、李總統的女婿賴國洲如果出任文建會主委，日後各報記者寫到文建會新聞時，都會因爲「文建會主委李總統的女婿賴國洲」這個冗長的稱呼而多賺不少稿費。

二、李總統的女婿賴國洲將會有自己的官舍，就不必再賴在李總統家（此處的「賴」爲動詞，不是姓氏）揩納稅人的油。

三、出任文建會主委一職，便不可能同時出任行政院院長，對國家社會造成的傷害降低很多。

四、中華民國在台灣流行數十年的生殖器政治在沈寂一段時間之後終於死灰復燃，證明台灣人當家做主之後，生殖器還是很神勇（不過本報仍要不厭其煩地勸告當事人，安全的愛請要用保險套）。

五、李總統的女婿賴國洲長相還不錯，應該會把台灣的文化提升至另一境界。

六、李總統的女婿賴國洲是個博士，他當上文建會主委，將可使文建會連廁所都自然而然地有氣質有程度起來。

七、文建會主委如果是李總統的女婿賴國洲，原本祇流行在《給我報報》的一句俏皮話「這人渣憑什麼」勢將流行全國，將可活潑我國的聊天文化。

八、李總統的女婿賴國洲如果當上文建會主委，因「北港香爐人人插」引發的女人用身體換取政治權力的吵架將自然平息，因爲事實證明，男人祇要插對香爐，才是眞正的「用身體換取政治權力」。

九、天要下雨，娘要嫁人，李總統的女婿賴國洲要當官，都不是我們能管得到的事。

十、台灣的文化人長久以來什麼狗屁倒灶的事都見識過，就是沒見過總統的女婿當文建會主委，所以還請大家共同努力，才可見識到此奇觀。

（退稿原因：你嫌李總統的女婿賴國洲寄的存證信函還不夠多啊？媽的，人渣！）

1997年8月25日～8月31日

給我報報時事排行榜

三目武夫獨家製作／本周排名

1 國民黨召開十五全。**最受代表們支持的，還是法國紅酒，乎乾啦！**

2 國民黨中常會通過蕭萬長新內閣人事案。**國民黨中常會（簡稱「國會」）通過了，真的國會也只好認了。**

3 國民黨中委選舉宋楚瑜獲第一高票。**因為他沒有聽過陳美鳳唱過一條叫做「叫我第十名」的歌。**

4 八家多層次傳銷公司遭公平會勒令歇業。**歇業令倒是直接傳到手，沒有經過多層次傳達。**

5 我國與聖露西亞斷交。So what**？反正我們也不知道聖露西亞在哪裡。**

6 財政部長邱正雄宣佈台銀、土銀明年七月收歸國有。**省府則表示屆時不會告訴財政部兩個銀行取款卡的密碼。**

7 簡又新沒有當成外交部長。**不要難過，唐日榮也沒當成。**

8 台灣再度出現霍亂病例。**每天吃鱉上報的人一大堆，只有這位老先生最倒楣，腹瀉五十多次。**

9 立委廖學廣被法院拘提到案。**當然不是用狗籠把他裝回法院，那是羅大哥拘提人的方式。**

10 李敖資助慰安婦的義賣會。**喜歡買中華古董的日本人怎麼沒有派代表出席？**

現場傳眞／採訪◎李友中

記者：「您呼籲大家不要用看待十四全的心理來想像十五全的選舉，是否貴黨這次賄選情況將會有所改進？」

吳伯雄：「老弟，絕對讓您耳目一新。這次業者推出價値八十萬的『十五全賄選用紅酒』實在夠高貴，我每瓶都檢查了，喝完拉出來一看，還是照樣冒著紅酒的泡沫！我趕緊一湯匙一湯匙撈回瓶子。」

記者：「好噁心，您這樣檢查誰還敢喝？」

吳伯雄：「千萬不要對國民黨沒信心，大家搶著喝。」

1997
給我報報之
退稿驚選

警匪槍戰
現場第一手報導

文◎拿破崙＆茜妮

日前警方與白曉燕案三嫌在北市五常街及龍江路展開槍戰，由於事出突然，不但警方有點措手不及，前往採訪的媒體，也陣腳大亂，本報記者由於平常習慣於措手不及和陣腳大亂的場面，在此新聞戰中再度告捷。以下，便是經由錄音整理出來的槍戰現場實況：

「碰！」

「喂，你擋住我了！」

「快出來看，好多警察。」

「是不是連戰來視察風災？怎麼這麼多電視台的人？」

「阿明。快去叫阿爸出來擺民主攤，快！」

「往那邊跑了！往那邊跑了！」

「小弟，你看到嫌犯往那邊跑了嗎？」

「不是啦，是我家小花狗往那邊跑了。」

「碰！碰！碰！」

「啊！血！我的腳中彈了！」

「對不起，檳榔汁吐到你腳上了！」

「不要擠我，咦，先生你臉好熟？對了，你昨天去石門水庫看洩洪？」

「不是，你看錯人了，我昨天去汐止看林肯大郡五樓變三樓。」

「警察，他推我！」

「什麼？你說壞人有火箭筒？」

「你看那個記者一直在發抖，講不出話來了。」

「喂！少年郎，不要坐在我車子上！」

「小王，開始射擊準備動作，電視台的攝影機要拍到你了！」

「前面的蹲下來好不好，媽的，只要自己看到就好！」

「媽！快回來，紅燒肉燒焦了。」

「槍口不要對著我，混帳，萬一走火怎麼辦？」

「警察先生，可不可以把這扇門關起來，我們重新拍一次破門而入的精彩鏡頭。」

「喂，聽說壞人有原子彈，太可怕了。」

「哈囉，學姐，妳不認識 我啦？我也是媚登峰的嘛！」

「夭壽，少年郎你擠什麼？」

「媽的，有人放屁！」

「媽，回去了啦！飯也燒焦了。」

（退稿原因：我明明在現場說了一句「姚高橋下台，就逮住這三個王八蛋，姚高橋一來現場，就又跑掉兩個了」，怎麼沒有整理出來？你整理的是誰的錄音帶？）

本台於五常街
嘉年華會現場報導

1997
給我報報之
退稿驚選

人禍政府束手無策
天災應可設法管制

文◎袁詠儀

鑑於賀伯、溫妮等颱風連續兩年在台灣造成災害，政府正考慮立法禁止颱風或其他亞熱帶風暴過境台灣，連在鄰近海域經過也不准，以免各中央及地方官員們每次在暴風雨過後都要疲於奔命的「從嚴追究責任」，還要麻煩監察院整天敷衍式的彈劾這、彈劾那的。

據總統府高層人士透露，各級政府官員向中央反映，功課太忙吃不消。原因是去年賀伯颱風的教訓還沒有來得及學習，便又來個溫妮颱風的教訓需要學習，如果像這般每年都要學習新的教訓，其實是學到死也學不完的，因此希望政府能立法管制，不讓任何風暴入境、過境。

一位台北市高官也向記者表示，政府對颱風毫無管制，今天來個彼得，後天來個瑪琍，水閘整天要開開關關的，實在是煩死了！他希望中央政府最好下令連下豪雨也禁止，最好是每隔兩、三個月下一場小雨就好。

此外，台北市工務局長許瑞原本是要自焚以示政治責任的，但由於身上的火柴被水淹濕了，點不起火，所以唯有作罷。

而台北縣長尤清也作出澄清表示，將會停發山坡開發建照，但是官員們要收紅包的還是照收，各營造商、開發商要關說、請吃飯、喝花酒的也請自便。

（退稿原因：你這種人才應該去中央當官，留在這裡寫稿太委曲你了！）

中華民國八十六年

1997

1

九月

格言

九七大限雞飛狗跳

九月初九日

初八立春

己卯占大門

2.1

喜神：東　北 財神：正　北 日煞：西　方 日沖：雞66歲	不宜	修　造 入　宅
宜	開市　嫁娶 安床　牧養	

星期日

給我報報1997年鑑

日 SUN	一 MON	二 TUE	三 WED	四 THU	五 FRI	六 SAT
1	2	3	4	5	6	7
8	9	10	11	12	13	14
15	16	17	18	19	20	21
22	23	24	25	26	27	28

本月大事記：

1. 佛教長老先後上當，本報同仁熱血沸騰
2. 黛妃喪命，名流有感而發
3. 德蕾莎修女去世，感動恆述法師
4. 一張照片透露出李登輝、曾文惠與余陳月瑛的愛恨情仇
5. 中油設計制式道歉書，從此省時省力又省錢

1997年9月1日～9月7日

給我報報時事排行榜

三目武夫獨家製作／本周排名

1　李總統展開「太平之旅」。**弱國雖然無外交，可是有錢弱國例外。**

2　蕭萬長正式接任行政院長。**從微笑老蕭變成苦笑老蕭的倒數計時也正式開始。**

3　我國二十二名旅客於金邊空難中喪生。**對我國而言，東埔寨也已從亂邦升格成危邦。**

4　台北市正式廢除公娼制度。**嫖客們表示，因為私娼違法，所以玩起來更刺激。**

5　台中縣鹿寮國中部份學生因反對常態分班而罷課。**因為有些家長和學生早已習慣病態教育，一時無法適應常態教育。**

6　自立早報向國安局長殷宗文道歉。**害得給我報報也只好否認曾經聲援自立早報，殷局長請您原諒我們吧！**

7　四維企業楊斌彥父女涉商業間諜案在美遭逮捕。FBI**用四維出產的各式膠帶把他們黏在美國。**

8　丁原進接任警政署長。**從此輪到他開始沒有家庭生活。**

9　賴永川金光黨集團以組織犯罪條例被起訴。**這個金光黨要是早一點以高薪聘請劉泰英去當他們黨營事業的掌櫃也許便可沒事。**

10　北市議員璩美鳳出任華衛新聞台總監。**如果能增聘催眠大師馬汀為顧問，華衛的新聞會更好看。**

現場傳真／採訪◎李友中

記者：「國民黨十五全大會這次有沒有脫胎換骨表現？」

賴國洲：「當然有，仔細看我這套西裝——上上下下都是新買的。」

記者：「您這套像是元朝的戲服。」

賴國洲：「我是駙馬爺。」

1997
給我報報之
退稿驚選

佛教長老先後上當
本報同仁熱血沸騰

文◎翁健偉

世界之大，無奇不有，但是如果連佛教界也傳出兩位有名的長老被騙，就不禁使人感嘆騙徒手法之日新月異。

近日受騙的，是甫自日本歸來的恆述法師。雖然說此行由某電視製作人慷慨負責所有費用，但是令人不解的是，口口聲聲說自己跑去東京迪士尼樂園開眼界的法師，登出來的照片卻是在「自由墜落」遊戲設施上留念，並且身旁也找不到米老鼠。據瞭解，東京迪士尼樂園並沒有此項遊戲設備，而進入該樂園從事電視節目的拍攝又得經園方層層許可，十分麻煩，所以最後得到的結論是——恆述法師雖然到了日本，去的卻是一個自以爲是迪士尼樂園的地方，被製作人矇騙而不自知。

另外一位上當的高僧，則是在自己的有聲書發表會上，幫再婚的作家林清玄說話的星雲大師。他在會上侃侃而談夫妻相處之道，甚至舉出林清玄如何費心照顧前妻的小故事。這就不免令人起疑，星雲法師又不跟他們夫妻住在一起，這個小故事究竟從哪來的？莫非他在林家偷偷裝了攝影機偷看不成？

況且法師自小出家，基本上不瞭解男女之間種種情事，怎麼曉得夫妻相處之道，怎樣做才叫好丈夫？由此可知，星雲大師被騙的跡象十分明顯。

本報除了一方面譴責欺負出家人的風氣，一方面也替兩位長老的善良感到不解——明明一眼就能拆穿的謊話，偏偏他們老是看不出來。

（退稿原因：恆述和星雲，應該是娛樂圈的長老吧！）

1997
給我報報之
退稿驚選

外交政策大轉彎

擅長轉彎的前交通部長獲青睞

文◎袁詠儀

前交通部長簡又新傳將出任蕭內閣外交部長一職，各界譁然，但是據國民黨高層透露，選擇簡出任外長一職，顯示國府的外交政策將會有一百八十度的轉變，日後我國將從以往的單向「經援」有邦交的國家，變爲向其他國家要錢。

國民黨高層指出，歷年來的外交部長都是「敗家子」，衹會砸錢給別人，但是錢給了很多，外交上卻無進展，反而像南非、南韓這樣的大國一一的失守，所以政府才會嘗試新的外交策略，不但不再經援其他國家，反而向他們要錢。而國民黨內認爲，目前高層常委中最厚臉皮又最會A錢者非簡又新莫屬，要他接掌外交部，即使未必能爲我國在國際上爭取到更多的空間，但至少可以幫助國庫收入。

不經援友邦反而向友邦要錢的這項一反常態的外交政策，立即招來了學術界的正面評價。台大的一位教授說：「我們早該這樣做，特別是假如眞的要跟美國恢復外交關係的話。因爲向來都衹有別的國家向美國要錢，沒有其他國家去『經援』美國的，美國給你愈多錢就代表跟你的關係愈好，大家衹要看看以色列和墨西哥便是最好例子，反而像巴西和北韓這種又窮又死要面子的國家，不肯向美國伸手，所以跟美國沒有外交關係。假如國府明天便向美國要求經濟援助，搞不好後天便會跟美國恢復外交關係了。」

（退稿原因：財經內閣和A錢內閣是不一樣的，所以應該不會拉簡入閣。）

1997年9月8日～9月14日

給我報報時事排行榜

三目武夫獨家製作／本周排名

1 高市前鎮發生中油瓦斯氣爆造成多人死傷。**中油也許是除了情治特務機關之外，殺人最多的政府單位。**

2 李總統在中美洲多次嚴辭批評中共。**算準了中共的M族飛彈打不到中美洲。**

3 職棒賭博案23人遭判刑。**法官連讀做出23次「OUT」的手勢。**

4 宋楚瑜重回國民黨中常會。**並且在開會時一直瞪著李主席——的照片看。**

5 民進黨領取一億五千萬政黨補助費。**許多財團鬆了一口氣。**

6 我國加入中美洲統合體。**好棒，以後去中南美洲旅遊買國內機票即可。**

7 審計部指出許多地方首長座車太過豪華。**意思是金玉其外，××××。（咦，報報也有新聞檢查制度嗎？）**

8 農委會證實遭受霍亂弧菌污染的甲魚來自宜蘭。**只要鴨賞沒事就好了。**

9 監察院長王作榮在就職一周年記者會上抱怨監院只有虎頭沒有鍘。**別難過，至少還有蛇尾。**

10 衛星電視頻道「歡樂寶島遊」節目涉簽賭案華夏製作部總經理遭收押。**賭友可以賭他何時放出來。**

現場傳眞／採訪◎李友中

記者：「巴黎飛車追逐把黛安娜王妃逼上西天，身爲狗仔隊有何感受？」

狗仔隊：「我們要問的是，媒體時代裡，我們觀眾對眞實事物的關注，正在一點一點地死去。」

記者：「什——什麼？」

狗仔隊：「是的，不用問喪鐘爲誰而響，狗仔爲你而響。」

1997
給我報報之
退稿驚選

蕭院長上下班不搞交通管制的內幕追蹤

文◎拿破崙

新任行政院長蕭萬長上任之後，和前任連戰院長在作風上很明顯的一個不同，就是上下班，尤其是午餐時間時，不再動用很多警力爲他管制交通。

當初連戰擔任行政院長時，因爲每天中午都要趕回家陪母親吃飯，所以往往需要動用很多警力爲他開道和管制交通。

可是據本報獲得的內幕消息指出，蕭萬長接任閣揆之後，因爲不必每天中午趕回連戰家陪連戰副總統的母親吃飯，所以在交通問題上將不會帶給台北市太多的困擾。

至於爲什麼連戰當行政院長時每天中午都要趕回家與連老太太吃飯，而蕭萬長當行政院長時就不必每天中午趕去和連老太太吃中飯，一般相信，如果不是連老太太不習慣每天吃中飯時，都有一個大嘴巴笑嘻嘻地陪著她，就是連方瑀不答應每天多添一副碗筷招待老蕭。

（退稿原因：蕭院長不再搞交通管制，可是連戰袛是不再兼行政院長而已，又沒有辭掉孝子的頭銜，所以他每天上下班，還是會交通管制的，你不要太樂觀。）

1997
給我報報之
退稿驚選

黛妃喪命
名流有感而發

文◎翁健偉

自從英國黛安娜王妃在巴黎車禍逝世的消息傳出後，國內的名流除了感到震驚，也對於狗仔隊緊迫盯人的方法感到不滿。

第一夫人曾文惠便憤憤不平地表示，黛妃又沒割過眼袋，爲什麼記者就不能放過她？「唉，好在英國沒有《新新聞周報》這麼高水準的刊物，不然，我看她眞是『深閨怨，怨不完』啊？」說完，還從剛動過手術的眼角拭去淚水，哀痛之情溢於言表。

緊接著發表意見的，是副總統夫人連方瑀女士。她說對付狗仔隊的方法很簡單，就是自己先把消息洩漏出來，譬如寫幾本書就是不錯的辦法。「讓這些人沒搞頭，又能抽版稅，還可以撈個中興文藝獎章回家，呵呵呵，何樂而不爲？」此外，跑去自投羅網也是很棒的招式，像她就欣然接受《時報周刊》的專訪，還把記者接來家裡做訪問，讓記者無從使出跟蹤偷拍的伎倆。「呵呵呵，你們說這招高不高啊？」

但是記者提醒她，上回《亞洲周刊》不就逮到她在機場免稅店的珠寶專櫃駐足徘徊，一副雙眼炯炯有神的模樣。「鬼扯，誰說我在國外大肆採買珠寶？我是時差適應不過來，看起來才會那麼有精神，不是血拚。」況且她早就把卡刷爆了，除非是朱婉清幫她付帳，否則想買也沒錢可買，不過此新聞倒是不禁讓人對無孔不入的狗仔隊氣得咬牙切齒。

（退稿原因：本文還不夠狗仔！）

1997 給我報報之退稿驚選

祇要特權不再罩他，媒體自會出他洋相——淺論人不可無總統岳父

文◎戴奧辛

李登輝總統的女婿賴國洲日前在國民黨十五全會場，就台視總經理李聖文未獲中央委員提名之事差點與媒體記者起衝突。

李登輝的女婿當時表示，「我不希望任何媒體影射我有任何特權。」

此話一出口，立即引發現場一群媒體人員強烈反應。

一名有線電視台的文字記者對攝影記者說：「原來這個姓賴的沒有特權，那我們還理他幹嘛？我們根本就是衝著他岳父才來採訪他，既然他不搞特權，那我們走吧！」

三台的記者們也立即表示，總統的女婿如果不耍特權，三台就不必擔心在撤掉每周日由新聞評議會製作的「新聞橋」聯播節目之後，會遭到任何報復。「賴國洲憑什麼要三台聯播他製作的節目？什麼時代了嘛？」一名台視記者如此反應。

「搞了老半天，原來賴國洲沒有特權罩他？害得我這些年為了怕遭到報復，都不敢得罪他。不過既然他自己承認不搞特權，那我就不客氣了。」一名大報的記者說，「賴國洲你這個蠢材，以後會去採訪你才有鬼。」

在賴國洲強調自己不搞特權之後，自覺受創最重因此也最憤怒的，其實不是媒體人員，而是一個小孩，他就是「國王的新衣」裡的那個小朋友，他對本報表示：「我老早就指出國王的女婿也沒穿新衣服，小雞雞露在外面，可是為什麼大家不相信我的話，還一直去稱讚他的新衣？難道一定要等到他自己承認沒有穿衣服，大家才相信自己的眼睛嗎？！」

（退稿原因：賴國洲既然不要跟特權兩個字搞在一起，我們這麼寶貴的版面花在這凡夫俗子身上幹嘛？）

1997年9月15日～9月21日

給我報報時事排行榜

三目武夫獨家製作／本周排名

1　宋楚瑜省長被李登輝總統隔海比喻孫悟空。**其實我們更希望李總統把政治人物比成金瓶梅裡的人物。**

2　李登輝總統「太平之旅」結束。**也該回來了，再不回來就要上「協尋老人」的名單了。**

3　青輔會資助青年發展基金會一億元。**青輔會並且保證這一億元的鈔票沒有沾上任何青年納稅人的血汗淚。**

4　菸害防治法正式實施。**在許多場所，癮君子也被迫成為隱君子，否則罰款罰不完。**

5　中油董事長李樹久因高雄氣爆事件辭職。**從此去中油加油不再有優待。**

6　民視新聞部經理楊憲宏遭調職事件。**這一波的形象廣告，民視沒有花一毛錢。**

7　我重返聯合國再度受挫。**國民黨這些年嘗了不少被列入黑名單的滋味。**

8　「台灣獨立建國聯合會議」於台北召開。**只限血統優良有證明書者參加。**

9　人體冷凍仲介業者「生命延長公司」遭檢警搜索。**這款的台灣，有人會想活兩次嗎？**

10　停車糾紛官司，法官沒收駕車作勢撞人的周柏成的轎車。**教訓是：以後有停車糾紛，絕對不可作勢強暴對方，絕對不可！**

現場傳眞／採訪◎李友中

記者：「這次元首外交出訪巴拿馬一口氣帶去四十億美金準備大撒特撒，請問有何感想？」

李登輝：「錢帶太多，褲子差點撐破。」

記者：「您是我國的元首，褲子千萬不可撐破！」

李登輝：「下次出國，我一定穿『李威』牛仔褲。」

1997
給我報報之
退稿驚選

治安好壞 繫於割捨與否

文◎本報主筆群

新任行政院長蕭萬長日前南下巡視，一些記者隨行採訪，想不到卻傳出記者們遭扒竊的事件。

一名記者在重重警力維護蕭院長安全的情況下，皮包竟然不翼而飛；另外還有兩名記者的皮包則被割破，所幸並未遺失。雖然有人認爲，記者們在光天化日之下皮包不見或者被割，代表台灣的治安日益惡劣，可是本報以爲，這些記者們的皮包固然遭損，但是祇要記者們的包皮沒有在光天化日之下不見或者被割，台灣的治安就還是有救。

眾所皆知，台灣的男子並不像猶太男子，在生下之後立即把包皮割掉，所以台灣男人普遍包皮過長。

然而此生理現象並不影響男記者的採訪工作，所以長久以來，我們也不期待有扒手敢公然在光天化日眾目睽睽之下，去割記者的包皮或者把記者的包皮偷走。果眞有扒手敢這樣做，我們相信其結果會很嚴重，因爲如此不但影響到記者的採訪情緒，更會直接影響到內科醫生的權益。需知，割皮包固然需要技巧，然而割包皮牽涉到專業的專業技巧更是複雜，扒手貿然爲之，後果不堪設想。

因此，我們認爲，祇要記者們的包皮沒有在採訪首長時被割掉或者遺失，台灣的治安便不算掉進谷底。至於皮包被割破或者遺失，老實講，就實在是件比較次要的事了。

（退稿原因：爲什麼主筆們的意見永遠跟他們的包皮一樣藏污納垢？）

1997
給我報報之
退稿驚選

德蕾莎修女去世 感動恆述法師

文◎翁健偉

一周內，黛安娜王妃與德蕾莎修女兩位偉大的女性先後去世，讓世人不勝唏噓。特別是曾多次在電視上表示最崇拜德蕾莎修女的恆述法師，更是感慨萬千。

據悉，德蕾莎修女在印度照顧貧人的樸實作風聲名遠播，讓身在台灣的恆述法師感動不已，所以這回赴日旅遊，才會祇花了一百萬元台幣採購僧服。

雖然僧服不是花自己的積蓄，也不是花信眾的錢，而是隨行的電視製作人掏的腰包，不過要不是德蕾莎修女的義行深植恆述法師的心中，堅定不移，相信採購的金額絕對不祇這個數目。

可惜的是，德蕾莎修女已經不在人世，相信她對恆述法師的影響力也會日益減少，因此下回法師赴日旅遊就可以好好地大買特買，不必顧慮太多，怕有損形象。反正西來寺都已經捲入美國政治獻金風波，相信再多穿僧袍的人蹚渾水也無妨。

（退稿原因：你不要害得我們《給我報報》的優秀人才最後都上了恆述的節目。）

1997
給我報報之
退稿驚選

公娼一走
公僕難為

文◎袁詠儀

台北市日前廢除公娼之舉，讓國民黨高層丈二金剛摸不著頭腦，因爲他們認爲台灣省長宋楚瑜又沒有「當選」爲公娼，何必要把此行業廢掉？

一位國民黨資深官員對記者說：「陳水扁此舉令人費解，因爲廢掉公娼絲毫打擊不到宋楚瑜，眞是搞不清楚爲何阿扁要急著迫娼爲良？」

但陳市長身邊的官僚解釋，廢除公娼並非針對任何人，純粹是爲了精簡娼妓行業，讓它更有競爭力，市府十分肯定公娼的貢獻，而且在此事上省長與陳市長的立場是一致的。

姑且不論市府廢公娼的意圖爲何，但此事已對色情行業造成了衝擊，少了公娼的競爭後，私娼的收價立即上揚，有些甚至漲了三、四成，導致消費者怨聲載道。

一位嫖客表示，以前私娼只會在過年或颱風前後漲價，但現在卻突然無故漲價，讓很多嫖客吃不消，很可能逼得他們向消費者保護協會投訴。

而台北市政府新聞處也警告，將會引用公平交易法懲罰那些無故漲價，或收同樣價錢卻不提供原先議定服務（俗稱「斷性」）的業者 ，以維護嫖客的權益。

據市府可靠的消息來源透露，繼成功的廢掉公娼之後，市府接下來將會廢掉公車。一位官員說：「公車是我們社會裡比公娼更大的一個恥辱！全世界沒有比台北市更髒，服務更差的公車了，既然已除掉了公娼這個恥辱，一不作二不休，順便也把公車這個讓市民蒙羞的恥辱也廢掉。」

對於一些民間團體反映出，希望也能順便把公僕這個社會毒瘤給廢除，該名市府官員則表示，已經把公娼廢掉了，如果把公僕也廢掉，那台北市豈非一夜間沒有了一大半的娼妓？所以廢公僕之建議，必須三思。

（退稿原因：我們做新聞的每天騎公僕壓公僕，廢掉公僕，我們去騎誰壓誰？別出餿主意了！）

1997年9月22日～9月28日

給我報報時事排行榜

三目武夫獨家製作／本周排名

1 台灣高鐵聯盟贏得高鐵投資案。**害得黨營事業少A一千多億。**

2 927搶救教科文預算活動。**「無恥」、「可惡」、「還我錢」，連戰看了一定不解，不是已經不要青輔會那一億元了嗎？**

3 李登輝表示美日安保條約肯定台灣民主化結果。**肯定是柯林頓打電話告訴他的。**

4 高縣峰安金屬廠房爆炸案。**最不幸的是，死亡的二人不是吳德美和朱安雄。**

5 我二十二家靜態隨機存取記憶體廠商被美指控傾銷。**股票跌下來的鏡頭可一點也不靜態。**

6 新黨決定不領取政黨補助金。**含淚宣布此消息。**

7 民進黨全代會及黨慶。**成就之一是目睹陳文茜下廚炸蝦。**

8 蔣緯國病逝。**任何時候，只要見喪禮的照片裡喪家都戴墨鏡，就知是蔣家的喪事。**

9 陳水扁自比豬八戒。**市府女職員聽了怕怕。**

10 前監委蔡慶祝因貪污案一審被判二十年。**蔡慶祝應該會申請改名（及上訴）。**

現場傳眞／採訪◎李友中

記者：「您帶頭建議中央拒領政黨補助金，眞是十分清廉，選民都很感動。」

林明義：「錢是萬惡之源，國民黨一向是全世界最不愛錢的政黨，呼乾啦。」

記者：「施明德說您是大腦有問題的黑道背景民代，您要控告他嗎？」

林明義：「什麼是大腦？」

1997
給我報報之
退稿驚選

本報獨家報導：一張照片透露出李登輝、曾文惠與余陳月瑛的愛恨情仇

文◎翁健偉

話說宏都拉斯報刊發生廣告照片將余陳月瑛女士誤植爲曾文惠的烏龍，消息傳回國內，不僅當事人聞訊氣憤不已，也掀出了許多政壇祕辛。

向來以「高雄縣大家長」形象著稱的余陳月瑛女士直嘆自己被張冠李戴就算了，居然還給李登輝佔了一個大便宜，實在叫她忿恨難消。「人家我守了這麼多年的寡，現在可好了，被這些國外的報紙亂登，叫我臉擺哪裡去呢？爲什麼他們不把我跟劉德華扯在一起？這樣子我還不會太吃虧，嗚嗚嗚。」

而許多一直弄不清楚曾文惠女士當初爲何割眼袋的人，現在恍然大悟，「原來她不是爲了視力清不清楚的問題，而是爲了要跟余陳月瑛大車拚，把老公從她身邊搶回過來啦！」連遠在美國的「大老婆俱樂部」也已正式發函給曾女士，鼓勵她以整容手術捍衛婚姻的勇氣，值得世人效法。

至於這個「桃色新聞」的男主角李登輝，很巧的是跟上一陣「北港香爐」風波的男主角施明德一樣，也滯留在國外不肯回來，使得許多媒體都望穿秋水，癡癡等他能現身說法。據悉李登輝這回也要效法施明德，從新加坡轉菲律賓再從高雄入境，避開在中正機場守候的大批記者。不過記者們仍不死心，相信到時默默回國的李登輝，會在台南和垃圾車擦撞，屆時一定可以逮到他。

（退稿原因：太平之旅，你爲什麼偏偏把人家搞得天下大亂？）

1997
給我報報之
退稿驚選

本報再度獨家報導：中油設計制式道歉書，從此省時省力又省錢

中國石油公司在高雄市前鎮區的瓦斯氣爆事件之後，又頻頻向社會道歉。由於中油向各界道歉的頻率太過頻繁，爲求省事起見，該公司日前擬出一份標準的道歉書。本報披露於後：

中國石油公司道歉書

各位________（填入縣市或鄉鎮名稱）地區的鄉親，大家好！（雖然大家並不好，可是問候語還是不可省略。）

我是中國石油公司的______（填入道歉人的職稱，當然是高階主管如地區營業處處長、總經理等才夠資格）________（填入尊姓大名），今天，在此懷著一顆________（填入形容詞如悲痛、沈重、哀傷等，但是不要填入破碎二字，因為你並不是受難者或者他們的家屬）的心，代表中油在此向諸位鄉親表達我們十二萬分的歉意。

此次中油在________（填入發生公安事故的城鎮地區）發生________（填入事故情況，如丙烷洩漏、油雨、油槽區泵房火警、外海漏油、油井火警、氣爆、瓦斯管嚴重漏油等，中油的油品亂漲價雖然也很傷人，可是不在此列）事件，造成______（填入公安事故的結果，如幾死幾傷、油污染面積等）的不幸結果，雖然事故發生的真正原因尚在調查中，可是本公司實難辭其咎。（反正調查結果出來也脫不了干係不如做漂亮一點，早點認錯。）

為了表示中油處理事故的誠意，本公司除了立即成立________小組（小組名稱應給人一種有效率的感覺，迅安　、速安等，切忌用一些偉人的名字如中正、經國、登輝等，偉人的名字祇適用於戰機、大馬路的命名，不適用於善後小組的命名）專事善後處理之外，並且將在最短時間內，將失職人員名單整理出來，並依情節輕重，分別地要求他們________（填入跳樓、切腹、臥軌、把香爐擦乾淨給別人插等），以息民怨。

此外，為了貫徹責任政治，對社會有所交代，事故發生地區的中油主管，不論是否應直接對事故負責，都先記一大過再講（日後再記兩個大功，升官時則低調行事即可），毫不寬貸。

諸位鄉親，此次不幸事件，雖然在生命財產的損失上，與________（填入神户大地震、六四天安門大屠殺、奥克拉荷馬市大爆炸等傷亡慘重的事件，以凸顯本次事件的受災户是多麼的幸運）比起來可謂毫不足

道，可是中油秉著負責的態度，痛定思痛，一定會深記此次教訓，以為日後建立一套良好的公安制度的參考。

最後，謹以最誠懇的心，再度向各位________（填入下跪、磕頭、鞠躬、說聲對不起等，不要填問好二字，因為一開始已經向大家問過好了），希望各位鄉親原諒我們。

道歉人________（不可填行政院長的名字，因為他通常衹做口頭道歉）

（退稿原因：道歉書上不見淚漬，顯然沒有誠意。）

中華民國八十六年

1997

十月

1

十月初十日

初八立春
己卯占大門

2.1

喜神：東北
財神：正北
日煞：西方
日沖：雞66歲

不宜：修造　入宅

宜：開市　嫁娶　安床　牧養

星期日

格言

十全十美純屬虛構

給我報報1997年鑑

日 SUN	一 MON	二 TUE	三 WED	四 THU	五 FRI	六 SAT
1	2	3	4	5	6	7
8	9	10	11	12	13	14
15	16	17	18	19	20	21
22	23	24	25	26	27	28

本月大事記：

1. 本報獨家揭露陳文茜、李昂、連方瑀的愛恨情仇
2. 兩個壞蛋還在逃，全國交警要小心
3. 警方破獲將安非他命塞進魚肚走私，可憐魚兒都被毒死
4. 孕婦大戰黨提名人，北縣路人紛紛走避
5. 日月神教發威，保七員警倒楣

1997年9月29日～10月5日

給我報報時事排行榜

三目武夫獨家製作／本周排名

1　范光陵轉述蔣緯國生前「蔣經國不是蔣介石所生」風波。**緯國將軍的小動作證明，他才是蔣介石所生。**

2　大法官會議第436號解釋指出軍事審判法多處違憲。**一大票這幾年不遺餘力護憲的人，當年最愛看的就是軍法大審。**

3　兩架F5戰機墜毀三飛官殉職。**真希望這又是媒體炒出來的假新聞。**

4　台幣看貶，美元買壓暴增。**難怪這一陣子闖空門的，偷到的都是美金。**

5　連戰訪歐洲。**打賭他在歐洲時也會忍著不去打小白球。**

6　聯瑞積體電路公司大火。**最讓聯瑞頭痛的是，訂單並沒有燒掉。**

7　建國黨召開黨員代表大會。**會中決議拒絕讓會包尿片的人入黨。**

8　陳朝威出任中油董事長。**不知中油會以什麼樣的災變來當做見面禮？**

9　周荃表示將選台北縣縣長。**騎在楊泰順頭上宣佈此事。**

10　男子張更新酒後開車二度撞死人遭高院改判有期徒刑一年四個月確定。**拜託，把此新聞放大貼在所有酒廊和PUB的大門口吧！**

現場傳真／採訪◎李友中

記者：「恭喜出書再掀高潮，陳文茜公開簽名義賣您的北港香爐一書，每本叫價二萬五仟元。」

李昂：「我的小說字字血汗，絕沒賺歪錢。」

記者：「可是她故意把名字簽在您封面半身照的胸口部位，引起在場人士不斷竊竊私語，陳文茜此種簽字的舉動是否影射之嫌。」

李昂：「陳文茜以卑劣的手法，強烈影射我的胸部刺有『精忠報國』四字，我要告她。」

1997
給我報報之
退稿驚選

本報獨家揭露陳文茜、李昂、連方瑀的愛恨情仇

文◎茜妮

話說陳文茜女士在人本基金會籌款餐會上，於《北港香爐人人插》小說封面大筆簽名一揮，立刻將每本書身價提高到兩萬五千元台幣。消息傳開，文壇、政壇議論紛紛。

作者李昂就憤憤不平地表示，一本原價不過區區數百元的小說，被人家加工以後竟然漲了一百倍之多，眞是「大水沖倒龍王廟」快把她給氣死了。

「如果我的小說一本也可以賣它個兩萬五千塊，我幹嘛還印它個五萬本呢？虧我整天在那邊搖筆桿，結果還輸給這個業餘的！」當記者問到陳文茜簽名的位置，恰好就在書本封面她個人照片胸部的地方，對此有何感想，她衹是氣呼呼地回答：「我又沒有穿魔術的！」

而身爲政壇少數喜歡爬格子的女性之一，連方瑀也指出陳文茜的作法並不妥當，「一本書賣人家兩萬五千塊，簡直是奢侈浪費嘛！我血拚都不會花這麼多錢。」她認爲自己不是沒有這個財力才會這麼說，而是她一向不喜歡自抬身價。「你們等著看好了，等到我下一本新書出來，看我老公會花多少錢買一本捧場，一定改寫這個紀錄。」

（退稿原因：「陳文茜跟李昂怎麼去跟人家榮譽博士比？寫東西沒有知識，也要有基本常識。）

1997
給我報報之
退稿驚選

因為青年會發展基金
所以有青年發展基金會

文◎徐小鳳

據與青年發展基金會有關的消息來源透露，該會婉拒行政院青輔會所捐贈的一億元新台幣，並非因受到外界的批評與壓力，而是該基金會原本向青輔會索取一億美元，青輔會卻如此小器，祇給一億新台幣，讓基金會覺得受到侮辱，因此不屑接受捐款。

當記者問，一個才剛成立不久，從來沒有任何服務紀錄可言的新基金會，憑什麼可以從青輔會那裡獲得一億元時，該消息來源說，這個以連戰副總統為首的基金會成員都習慣吃五百元一個的便當，若每天以一百名監董事及員工開會吃便當來計算，每天便要花五萬元，這樣下來一個禮拜光是用在便當上的錢已三十萬元（基金會不採周休二天制），一年下來便是一千五百萬元。

如此不到七年，一億元便已吃光了，所以青輔會所捐的數字，是有根據和合理的。而且七年時間，還是指這段間內便當價錢不漲，才能撐到這麼長的時間，外界不先瞭解事實，便情緒化的批評，對基金會是十分不公平的。

當被問及，青年發展基金會今後會有什麼實際的功能時，消息人士指出，在成立的第一天，便已定下十個不變的宗旨，它們分別是：

一、幫助連副總統的未成年子女在二千年時，成為台灣第一家庭成員。

二、幫助連方瑀女士在二千年可成為第一夫人。

三、幫助連前行政院長在二千年競選總統。

四、幫助國民黨連副主席在二千年當選總統。

五、幫助連前台灣省主席在二千年當選總統。

六、幫助連前交通部長在二千年當選總統。

七、幫助連前駐薩爾瓦多大使在二千年當選總統。

八、幫助連前台大教授在二千年當選總統。

九、幫助美芝加哥大學連校友在二千年當選總統。

十、貫徹執行前九項任務。

（退稿原因：妳這種欠發展的青年記者，應該去青年發展基金會，待在《給我報報》實在可惜。）

1997年10月6日～10月12日

給我報報時事排行榜

三目武夫獨家製作／本周排名

1　南縣及北縣中和市都發生警匪槍戰警察殉職事件。**這種悲劇倒是沒有南北差距。**

2　連戰訪問歐洲。**山珍海味一道一道吃，最後吃的是閉門羹。**

3　宋楚瑜答應將親自參加行政院精省委員會。**因為蕭揆答應他不必負荊參加。**

4　全國法官票選最高法院院長，孫森焱得第一。**可是沒有賄選 的選舉，政府會承認嗎？**

5　保七總隊一隊員執行勤務時遭挾持至大陸。**幸好不是保一總隊七隊員發生這種事。**

6　空軍運輸機失事五官兵罹難。**機瘟流行期間，建議大家坐火車。**

7　中油運油輪在高雄港外海爆炸起火。**電影裡有的，中油全有。**

8　國民黨開除違紀參選黨員林志嘉等六人。**殺猴儆雞。**

9　國防部長蔣仲苓請辭。**層峰希望他在「請辭」後面自行加上「待命」二字。**

10　國慶煙火砸死人事件。**倒楣者的「哇！」跟其他觀賞者看到煙火發出的「哇！」不太一樣。**

現場傳眞／採訪◎李友中

記者：「黨慶辣妹歌舞加上打籃球，民進黨眞正進步了嗎？」

陳文茜：「民進黨當然有進步，我以前都不敢摸籃球，現在很會打了。」

記者：「中評委許陽明批評您根本就是膚淺。」

陳文茜：「許陽明不懂打籃球的美妙，我改天找他『鬥牛』。」

1997
給我報報之
退稿驚選

兩個壞蛋還在逃
全國交警要小心

文◎袁詠儀

鑑於台灣治安日益敗壞，行政院正考慮向美國和日本要求在美日安保條約中，除了在軍事上把台灣包括在內之外，在治安上，也把台灣包括在內。但據悉，此項要求已被美日兩方所拒絕，美國防部的消息來源說：「台灣治安問題之嚴重，我們即使動員全美海陸空三軍去協助，也不可能起到作用。」

在此同時，警政署日前對全台交通警察發布「遇上白曉燕案兩名嫌犯時的應變措施」手 冊，指示他們如不幸在街上遇上兩嫌時應如何應變。內容如後：

一、用手按著自己的嘴巴，不要讓自己驚叫出來。

（註：千萬不可立即叫救命或哀求「英雄饒命」，這是到最後關頭才能有的動作。）

二、轉身沒命的跑。除非兩嫌喝令你停住，否則千萬不要回頭或停下來。

三、如能擺脫兩嫌，立即用無線電要求支援，並利用等待救兵的時侯，編織如何奮勇追捕匪徒，但最後仍被他狡猾逃脫的故事，最好加插一些兩嫌在逃入死巷後，仍僥倖逃走的情節，讓媒體可以有多點東西報導。

四、在電視媒體抵達前，記得拔出手槍，緊緊拿在手中，裝出一副已經跟匪徒火拚過的模樣，並不時以無線電對講機亂報一些可疑車輛的車牌號碼及型號，反正沒有人知道是不是眞的。

五、在現場四處尋找目擊證人，威脅他們千萬不能把眞相說出去。

（退稿原因：你違規停車，車子被交警拖走根本是活該，不必這麼激動。）

1997
給我報報之
退稿驚選

新聞短波
波不在大，愛現則靈

文◎周文華

■九二七搶救教科文預算行動，民眾手持「可惡」、「無恥」、「還我錢」等標語牌子上街頭。相關單位表示，政府有誠意與決心解決問題，對於民眾之訴求，「可惡」、「無恥」兩項，政府一向執行得有聲有色，至於「還我錢」，由於教育是百年大計，因此仍須從長計議。

■警政署長丁原進在與立委餐敘時談到，警察的裝備太差了，警察的防彈背心如果扣起，配備在腰間的槍可能就拔不出來。一位基層警員在得知丁署長的談話後表示，其實警察的裝備比丁署長所瞭解的更糟糕。他說，以褲子爲例，警察的褲子在穿上後就無法拉上拉鍊，如果要拉上拉鍊，就必須把褲子脫下來。此外，警察的槍也一樣，制式九０手槍在裝上了子彈後就無法扣動板機，如果想要扣板機，就必須把子彈退出來，可見警察的裝備眞是壞到了極點。

■續上題，根據截稿前消息指出，其實不僅是警察的裝備如此，連警察本身也一樣。如果想當警察，就不能抓壞人，抓了壞人，就不能當警察，可見當警察眞的是一件非常困難的事。

■空軍Ｆ５Ｆ與Ｆ５Ｆ對撞事件，國防部長蔣仲苓表示，美國運輸機也常常出事。由此我們可以得知，美國有的，我們理所當然也該有。美國有搶案，我們不能讓其專美於前；美國有姦殺案，我們必須急起直追；美國有擄人勒贖案，我們自然也要能夠「超英趕美」；美國的元首常常被暗殺，我們……輸了。國防部，加油！蔣部長，加油！

■續上題，根據截稿前消息指出，對於蔣仲苓部長的談話，美國軍方表達了強烈的抗議。他們表示，美國軍方即使有千般萬般的不是，至少有一點贏過中華民國——他們的國防部長不是蔣仲苓。我們又輸了，國防部，加油！蔣部長，加油！

■中油總經理潘文炎表示，如果要全面安檢中油的管線，至少要花五年以上的時間。

相關人士認爲 對此完全可以理解，畢竟全面安檢不比炸房子，也不比炸死人，絕不是短時間之內可以草率完成的事。

■勞委會提出「勞資協商每月兩次周休二日方案」供各界參考，其中製造業、中小企業、外商公司各有不同的放假方式。一般認爲，此方案太過簡單，未免小覷了國內勞資雙方的智商。

因此，《給我報報。>，在此提出下列計算公式，希望各界能夠採用：

西元出生年分尾碼十月分尾碼十日期尾碼十身份證尾碼十眼角魚尾紋數十前一年重大車禍事故發生數＝該名員工該年可以放假的天數

（退稿原因：開什麼玩笑，光是「前一年重大車禍事故發生數」就可能超過三百六十五次，這假要得怎麼放？）

1997
給我報報之
退稿驚選

政壇人士師法歌星

文◎翁健偉

競爭激烈的台北縣縣長選情，自從周荃宣布投入選戰以後，三黨一派不約而同呈現「鬧雙包」的局面，正好跟樂壇的局勢互相輝映。

新黨的楊泰順便氣憤難消地指出周荃作法一點江湖道義都沒有：「人家王菲跳槽，要等到出新唱片了，老東家才會出精選輯跟她打對台；我又沒有宣布要跳槽，為什麼她硬要跟我搶著唱《大地一聲雷》？況且我唱得又不比她難聽！」他同時向周荃下戰帖，如果對方自認《大地一聲雷》唱的比較好聽，大家不妨報名「五燈獎」，看誰能五度五關。

而已經離開民進黨的廖學廣，被認為跟民進黨推派的候選人蘇貞昌票源重疊，對於昔日戰友今日反目成仇，廖學廣不疾不徐地說：「以前我們是同一黨又怎麼樣，為什麼你們認為我沒有勝算的把握？人家『披頭四』當初感情也是很好啊，後來還不是拆夥各自才有今天的發展？」蘇貞昌聽到以後祇是嗤之以鼻：「拜託，約翰藍儂又沒被關過狗籠。」廖學廣則反唇相譏：「保羅麥卡尼又不是禿頭。」

在國民黨方面，謝深山和林志嘉互相堅持不下的情勢，一如偶像團體「接招合唱團」成員拆夥後的局面，雖然表面和諧、不出惡言，可是再也沒有同台一塊演出過。最重要的一點是，單飛後的成績都不如從前來得耀眼。對於這個比喻兩人紛紛敬謝不敏，他們寧可當「ＳＯＳ徐氏姊妹」，看誰比較會搶話、搶鏡頭，誰就可以當老大。

（退稿原因：收到唱片公司的公關唱片，就有必要幫他們的唱片做宣傳嗎？）

1997
給我報報之
退稿驚選

警方破獲將安非他命塞進魚肚走私，可憐魚兒都被毒死

文◎盧郁佳

高雄販毒集團勾結大陸黑幫，在廈門開設安非他命工廠，將安毒夾藏漁獲中運回台灣出售。中市調查站日前據報起出百餘公斤安毒，市價達兩百億，都夾藏在冷凍魚腹內。

專案小組人員亦在事發後逮捕到三男一女。該群男女原在倉庫附近觀望，目睹專案小組逮捕販毒分子。警方將毒販押解上車後，勸告該群男女「看什麼看，趕快回家」，不料該批男女不聽勸止，當場頓足大罵：「我就說他每批貨都有魚腥味，他竟然塞進魚肚子再賣我，還一兩好幾十萬，上次還唬我說好貨就得有這種怪味……敢擺我，我非做了他不可！」警方後來遂以無故吵嚷妨害安寧罪名，將他們以社會秩序維護法起訴。據稱三男一女在車上還跟販毒分子打成一片，似乎甚爲熟絡，直至傷重被分別送醫，仍不忘在擔架上互豎中指、問候對方列祖列宗。

據悉由該倉庫供貨之多家日本料理店，自案發日起生意大跌。

一名熟客表示：「我看到報紙，才知爲什麼我吃他們的生魚片會上癮，原來是因爲安非他命滲透到魚肉……現在我癮頭一發，祇能到街頭尋貨源。但那個綽號『阿山』的告訴我，他們的安非他命也是魚倉來的，跟料理店一樣斷貨了。」語畢痛苦萬狀爬出門外，以冷水澆頭。這樣能止癮嗎？「不知，但電視上發癮時不是都是這樣做嗎？」專案小組宣稱，無辜受害者可嚼口香糖看書。

（退稿原因：不要一邊寫稿，一邊嚼口香糖看書。）

1997年10月13日～10月19日

給我報報時事排行榜

三目武夫獨家製作／本周排名

1　央行干預匯市。**並且示範如何被外籍兵團打成滿頭包。**

2　新黨祕書長王建瑄的記者會。**乖乖，差點變成集體跳槽大會。**

3　行政院長蕭萬長明確指出三通沒有時間表。**但不會阻止大家繼續私通。**

4　「1019爲司法復活而走」。**專挑司法院長施啟揚以前沒走過的路走。**

5　新竹十二名青少年涉嫌集體凌虐一休學國中女生致死。**教長吳京要找回來的失學學生又少了一個。**

6　民進黨主席許信良表示願與中共展開雙邊對話。**顯然許信良的上海國語已苦練成功。**

7　中研院院士朱棣文獲諾貝爾物理獎。**能把朱棣文的成就與台灣連在一起的人，可得諾貝爾配對獎。**

8　台中市國民黨競選總部指控民進黨的辣妹被迫不穿內衣風波。**指控者一定是看辣妹跳舞看得流鼻血。**

9　長榮集團張榮發主張三通。**以後張先生打給老友李登輝的電話可能一個都打不通。**

10　許曉丹的伊甸園婚禮。**重點在伊甸園，沒有人去想婚禮的事。**

現場傳眞／採訪◎李友中

記者：「您披露 蔣公不爲人知的祕密，國人心目中最敬愛的民族救星竟然是個………太監，眞叫人痛心疾首，欲哭無淚。」

范光陵：「首先，這是蔣緯國在病床上說的，我祇是轉述。還有，老李，什麼痛心疾首。少裝了」

記者：「不，眞的痛心疾首！想到 蔣公完美潔白無暇的屁股被可惡的野狗咬去一截，而且是『那一截』——嗚呼！」

范光陵：「後來那隻野狗加入紅軍長征，榮獲延安獎狀，成爲中共開國元老之一………這是蔣緯國在病床上說的，我祇是轉述。」

1997
給我報報之
退稿驚選

孕婦大戰黨提名人 北縣路人紛紛走避

文◎茜妮

話說立委周荃重新投入台北縣長選戰，同爲新黨的候選人楊泰順衹好含淚宣布退出選舉，衹求黨中央還他一個公道。就在眾人議論紛紛的此刻，周荃卻又挺個大肚子召開記者會，引來大家的猜疑。

令人不解的，周荃沒事怎麼變成了孕婦呢？她前一天肚子是平坦的嘛！有人說這是效法殷琪懷了「高鐵寶寶」，一舉擊敗劉泰英的好彩頭作風，也有人認爲周荃可能是因爲競選經費不足，衹好硬著頭皮去當「代理孕母」賺外快，不過更多人覺得純屬奇蹟，因爲聖經上早有聖母瑪莉亞懷了聖嬰的故事，周荃衹是被上帝選來顯靈罷了，可見得她一定當選。當然囉，如果她生下的是楊泰順，下一任台北縣肯定是新黨候選人當家。

不過，周荃大肚子到底是怎麼回事也許我們暫且不先研究，因爲誰是孩子的爹，才是媒體關心的焦點。根據聖母瑪利亞的事來推斷，始作俑者自然是在政壇素有「王聖人」之稱的聖父王建瑄。

可是孩子出生後該怎麼辦，哪來的錢撫養呢？一位好心的人士指出，建國黨現在有很多不請自來的尿布，而民進黨又有很多會包尿布的人才，周荃不妨把小孩託給他們照顧，一定可以高枕無憂。

（退稿原因：周荃吃撐了，把個肚子撐得這麼大，也有必要報導嗎？）

1997
給我報報之
退稿驚選

本報記者獨家實驗：
命根子塗豬油不會引來野狗

文◎翁健偉

在「蔣經國不是蔣中正生的」疑雲風波之後，最引人注目的不是「天啊，原來蔣夫人是活寡婦」，而是「把豬油抹在小雞雞上面，眞的會引來野狗肆虐嗎？」爲了解開這個謎團，本報記者日前特別找到了自願者做街頭實驗，將豬油抹在生殖器上，然後蹲在路邊看有沒有野狗來咬。結果蹲了兩個小時以後，實驗者的膝蓋都麻了，連半隻流浪狗都沒來。爲了謹愼起見，我們又把豬油加熱融化，抹在實驗對象的生殖器上，卻燙得他哇哇大叫，祇好作罷。

既然豬油不可行，記者突發奇想，建議改用大蒜奶油、乳瑪琳、雪印奶油作爲代替；在經過實驗之後，也證明了流浪狗不喜歡這三種口味。

但是本報記者並不死心，繼續尋找任何可能會引來野狗的調味品，包括了：巧克力糖漿、果糖、楓糖醬、草莓果醬、葡萄果醬、花生醬、美乃滋、千島沙拉醬、豆腐乳、海苔、芥末、蕃茄醬、烤肉醬、低鹽烤肉醬、胡椒鹽……等等，幾乎是把記者家裡的廚房都翻遍，卻連個狗影子都沒看到。事實上，除了前面幾樣會引來一大堆蒼蠅螞蟻之外，什麼效果也沒有。

於是本報只好宣布實驗失敗，證實豬油並不會引來流浪狗，也就間接證明「蔣經國不是蔣中正生的」乃是純屬虛構。不過本報實驗者因爲在街頭待太久，被警察以「妨害風化」罪名帶回警察局，倒也總算有了結論；不要隨便當街把小雞雞掏出來。

（退稿原因：阿偉，你那天請同事們吃的麵包花生醬、麵包夾草莓果醬，塗滿蕃茄醬和芥末的熱狗等一大堆東西，難道都是……天啊！早知道就不把你從警察局保出來！）

1997
給我報報之
退稿驚選

狗咬蔣公下體事件的最新發展

文◎盧郁佳

「蔣公中正精神紀念會」五代表日前按鈴申告發表蔣經國身世之謎的范光陵涉嫌侮辱與毀謗，並出具蔣公傳記佐證他四歲時生殖器官並未被爐燙傷和遭野狗噬咬，以致喪失生育能力。五代表指出，蔣公被狗咬，乃是遲至今年蔣緯國過世後才發生的事；至於被爐燙傷的另有其人。

五代表出具金惟純發表的聲明，其中金表示他所播放的蔣緯國口述錄音帶，第四段「因涉及蔣緯國最敬愛的父親，不便出於自己之口，故由光陵轉述」，充分證明咬蔣公其實是范光陵的口而不是蔣緯國的口。另外，被爐燙的，也根本不是蔣公，而是喧騰一時的香爐事件裡的幾位當事人。不過范光陵則呼籲蔣公紀念會人士不要扭曲了焦點，他毅然揭發眞相， 祇是爲了教育大眾正視兒童燒傷「沖脫泡蓋送」處理程序的重要。

（退稿原因：五代表與范光陵因蔣公下體之事互咬，又干妳什麼事？）

1997年10月20日～10月26日

給我報報時事排行榜

三目武夫獨家製作／本周排名

1　台北市力拔山河拔河斷臂事件。**日後台北經驗，將強調手術縫合一級棒的經驗。**

2　北市方保芳整形外科命案。**兇手以貌取人命。**

3　張雨生車禍重傷。**希望他能完全康復，康復後不論在任何地方都不再用**150**公里的速度開車。**

4　北市新聞處長羅文嘉因拔河事件辭職。**他顯然沒聽過「請辭待命」一詞。**

5　台幣對美元貶破三十元關口。**央行總裁許遠東三十而不利。**

6　保育團體「拒看馬戲」記者會。**如果真的很想看馬戲，請至台北市議會。**

7　周荃退出新黨。**新黨黨團偷偷地放了幾串鞭炮。**

8　伍澤元至屏東縣選委會領表。**因為劇務的疏忽，伍某演出時忘記坐輪椅和打點滴。**

9　雙面諜案吳道明及張祿中一審被判無罪。**長江十號立刻把此好消息傳回國民黨中央黨部。**

10　胡志強接任外交部長。**一個上午，就把我國邦交國的名字背得滾瓜爛熟。**

現場傳眞／採訪◎李友中

記者：「台大楊維哲以台語教數學，遭您大肆抨擊？」

傅崑成：「再不禁止台語教數學，下回他就要在課堂教槍炮彈藥了，這還得了！」

記者：「您是不是神經病？」

傅崑成：「自從去年踢了沈智慧立委的下部以後，我聽到『數學』就頭痛。」

1997
給我報報之
退稿驚選

媒體一再洩密
記者應該槍斃

文◎袁詠儀

副總統連戰歐洲之旅，在中共強大壓力之下，被迫放棄訪問西班牙的計劃。據悉，中共並沒有在得逞後收手，反而繼續施強大壓力，使得幾乎連中華民國都向中共屈服，不讓連戰入境。後來雖然還是讓連戰進入了台灣，但前提是他必須答應不舉行記者招待會，或做任何公開活動，連副總統據說就是因為這樣而取消了歸國記者會的。

對於中華民國在面對中共如此巨大壓力下，仍然讓他入境，連戰表示：「台灣的勇氣和友誼都是令人佩服的。」

而外交部對此次連戰旅程連連受挫，則把問題怪到媒體身上，認為是媒體把連副總統的行程提早曝光，讓中共 事先洞悉，連戰才會被封殺的，外交部一位發言人說：「假如不是媒體把行程先曝光出來了，我們不會去不成德國、英國、加拿大、法國、義大利、阿根廷、希臘、土耳其、直布羅陀以及另外一百七十多個國家的。」

當記者指出，連戰的行程沒有安排訪問這麼多國家時，該名發言人哭著說：「有！有！我們有，都是你們不好……嗚……嗚……我不玩了………！」

（退稿原因；我國的外交困境，本來就是媒體造成的，妳這種死不認錯的心態，令人齒寒。）

1997
給我報報之
退稿驚選

北高兩市市長相互叫陣之最新發展

文◎徐小鳳

（退稿原因：我大姐在市府一邊接電話一邊與高市的對手展開對罵，日子過得非常有趣，她不會想看到這種剝奪她生活樂趣的新聞。）

台北市長陳水扁因爲不屑與高雄市長吳敦義展開舌戰，於是派下屬新聞處長羅文嘉代打，針對阿扁市長這一招，吳市長也立即找與羅對等的下屬吳建國反擊。吳建國出馬後，羅處長立刻找來新聞處一位平常幫忙新聞稿打字的工讀生回應。高雄市不甘示「強」，也找來市政府的一位清潔老工人出言攻擊阿扁。於是連日來兩市開炮互轟的人選，位階不斷的下降，在記者截稿前，已經到由兩位市政府總機接線生在互相攻擊的局面。

台北市政府的接線生毫不留情地說：「高雄市長執政這麼多年了……」但她的話還沒說完，北市市府已換上了總務部門的一位歐巴桑接棒罵下去，而高雄市也立即考慮換一位已離職的前看更來回應。

對於高、北兩市的互罵人選位階不斷滑落，中央銀行已表示必要時會進場干預，阻止跌勢，並強力哄抬到雙方都派處長級以上的人選爲止。

1997
給我報報之
退稿驚選

日月神教發威
保七員警倒楣

文◎盧郁佳

台灣保七員警日前臨檢大陸可疑船隻時，遭到大陸漁民頑抗。大陸漁民力拼擁有槍枝裝備的保七員警，員警一人受傷被俘，八人跳海逃生，陸委會正協調救援工作。

生還員警表示槍械不敵大陸漁民，實因對方武功高強。當時員警對空鳴槍示警，只見舟中一名白髮蒼蒼的老者，自稱任我行，兩目圓瞪，一掌劈出，威勢驚人。一名員警舉槍格架，被掌風震得倒退數十步，有十多步是在海底走的。

任我行一聲暴喝，雙掌疾向員警胸口推去，蓬地一聲巨響，員警背心撞在艙上，動彈不得。其餘員警心下駭然，素聞任我行的「吸星大法」擅吸對方紅星、黑星手槍，吸警槍更是不在話下，警槍被吸走，如何向上級交代？於是立即作揖，哈哈一笑；「咱們後會有期，今日老子可不奉陪了，下次替我們跟東方不敗要簽名！」便一起跳海而逃。

員警上岸後向保七總隊回報，總隊主管問明情況凶險，慰勉有加：「下次碰到變態，還是快逃爲妙，畢竟手槍的貞操要緊。」

內政部長葉金鳳則呼籲日月神教方面，在不影響被俘員警傷勢情況下，儘快將他送回台灣。至於日月神教對我海防安全的威脅，和保七員警用槍時的機考慮，她表示手槍用來格擋攻擊確實不宜，主要是槍身太小。她建議遇上武林高手，員警應將手槍扔給對方，趁對方接槍騰不出手攻擊的時候，打他一巴掌，迅速跳海逃生。

（退稿原因：寫稿如想抄襲，大可抄別報，千萬不要抄到《笑傲江湖》去！）

中華民國八十六年　1997

十一月

十二月十一日

初八立春
己卯占大門

2.1

喜神：東　北	不宜
財神：正　北	修　造
日煞：西　方	入　宅
日沖：雞66歲	
宜	開市　嫁娶 安床　牧養

1

星期日

格言

十一
蛀形青黃不接

給我報報1997年鑑

日 SUN	一 MON	二 TUE	三 WED	四 THU	五 FRI	六 SAT
1	2	3	4	5	6	7
8	9	10	11	12	13	14
15	16	17	18	19	20	21
22	23	24	25	26	27	28

本月大事記：

1. 少婦不識愁滋味，爲賦新詩強脫黨
2. 文嘉辭職，大家賭爛
3. 李總統接受外國報紙採訪堅持表示地球是圓的
4. 聖經密碼不稀奇，連續劇密碼才是重頭戲
5. 那一刻，陳進興與張素眞幹了不少事

1997年10月27日～11月2日

給我報報時事排行榜

三目武夫獨家製作／本周排名

1 李登輝爲謝深山助選時開出老人年金支票。**因為阿山哥告訴李主席，他需要老人年金。**

2 方保芳整形外科三屍命案應爲白案兇嫌所爲。**兩嫌在逃，一票醫生也在逃。**

3 台北市議會就力拔山河意外事件要求陳水扁市長做專案報告。**議長陳健治則要求自己就自肥案做「羅文嘉專案羞辱」。**

4 立院審查「刑事訴訟法」修正案，通過「刑事被告可擁有緘默權利」條文。**包括被刑求時保持緘默不喊痛。**

5 兩岸交流十周年紀念。**也是許多回鄉老人破產十周年紀念。**

6 行政院農委會將省漁業局納入成立漁業署。**雖然不是把宋楚瑜的瑜搞掉了，楚瑜還是很不爽。**

7 宋七力因常業詐欺罪被判七年徒刑。**七力判七年，早知就叫宋一力，只要坐一年牢。**

8 伍澤元宣佈不參選屏東縣長。**澤元，不要氣餒，其實牢飯也是一種公家飯。**

9 兩度挾持毆辱職棒球員的黑道份子蔡和修落網。**兩壞球遭三振的首例。**

10 賴國洲辭去新聞評議會祕書長一職。**總統女婿一職則要做到總統任期屆滿。**

現場傳眞／採訪◎李友中

記者：「因不相信您的保證『三個月內台幣不貶值』而炒匯賺翻了的外商銀行最近都向您道歉了？」

許遠東（央行總裁）：「他們深深爲著因爲不相信我而賺錢賺翻了的行爲感到自責，我親眼看他們趴在地上道歉。」

記者：「會不會您又看走眼，其實他們是笑得滿地打滾？」

許遠東：「連你也不相信我！」

給我報報1997年鑑

1997
給我報報之
退稿驚選

少婦不識愁滋味
爲賦新詩強脫黨

文◎王荃

大地一聲雷創黨元老焦黑
抹黑　有人如是說
老想詐人
於是支持者擁擠在二十坪
的房間
不排除
跳樓
跳舞則要穿內衣

面前麥克風數數十八支
激烈表示應全面退出
或曰
數度落淚哽咽氣氛凝結成冰
黃旗揮舞
並不強調
見面還要說哈囉

主因
皆曰個性太強
加上加上
我的未來不是夢
於是紋身貼紙也不足宣示
黨中央褪色
以及
新人難出頭之歷史事實
備受內外雙重壓迫之辣妹
處事周全
穿內衣飆舞
然後
離開舞會現場
表示不願意帶給大家困擾
眾人祝福她並重申
我們一家都是人

（退稿原因：新聞、新詩和新黨不能三合一。）

1997年11月3日～11月9日

給我報報時事排行榜

三目武夫獨家製作／本周排名

1 白案嫌犯與警方爆發遭遇戰後逃逸。**因為警方不敢追，所以應該是「白案嫌犯與警方爆發遭遇戰後與警方道別。」**

2 彭明敏指控許信良十三年前密商唐樹備。**下週彭明敏將指控許信良二十年前為國民黨員。**

3 李登輝總統對華盛頓郵報表示：「台灣爲獨立的主權國家」。**還好江澤民已經離開華盛頓，結束美國之行回去大陸去了，看不到華盛頓郵報。**

4 白案嫌犯陳進興投書媒體放話。**被投書的媒體很興奮地做了一個大毒家。**

5 立院民進黨提出之敬老津貼版本遭國、新黨聯手封殺。**咦，李登輝主席的臉上怎麼出現國、新兩黨聯手打出的巴掌痕？**

6 海基會副董事長焦仁和受邀訪大陸。**如果去，將披著「戒急用忍」的綵帶出發。**

7 北市議長陳健治質詢市長陳水扁。**陳健治對於自己被誘拐之事，屁眼，不，心頭之痛還是難以恢復。**

8 「因血液製劑感染愛滋病患者權益在那裡」記者會。**在此之前，應先辨「衛生署官員肩膀在那裡」公聽會。**

9 檢調單位對光碟市場展開掃黑。**掃出不少人模人樣的電腦病毒。**

10 多家沙拉油廠商宣佈調漲油價。**很多人也只好宣佈調漲廚藝，用很少量的沙拉油來炒菜。**

現場傳眞／採訪◎李友中

記者：「北市拔河比賽慘劇，爲何貴黨議員全都激動得合不攏嘴？」

秦儷舫：「市府害我們嘴巴合不攏，我們要告市府傷害全賠。」

記者：「智力減退也要賠嗎？」

秦儷舫：「我的智商低是天生的，跟拔河無關。」

1997
給我報報之
退稿驚選

文嘉辭職 大家賭爛

文◎袁詠儀

台北市府新聞處長羅文嘉為拔河意外事件負責辭職，並獲得陳水扁批准，然而此舉立即招致各界猛烈的抨擊，指控台北市政府這樣做，是故意要讓一些人難看。

辭職未遂，還在當省長的宋楚瑜說：「羅文嘉這樣做，分明是衝著我而來的嘛！眞是的，我請辭了十一個月了，還不知道甚麼時候走，他一辭職就馬上走，這……這……！」

辭職未遂，正在放假中的國防部長蔣仲苓氣得差點說不出話來：「我……人家是為了負責任……就可以馬上下台……，我……我不祇是為了負責任………還……還是為了尊嚴………卻………卻求仁不得仁……眞是天理何在？」

辭職未遂，含淚留下來當祕書長的王建瑄說：「我不是傻瓜！我不會上當的。你們不要拿羅文嘉來磨我，不然我哭給你看，我眞的會哭喔！好，我先哽咽………啊………眼淚快出來了………出來了，出來了，我掉眼淚了！我哭了！怎樣？夠新黨吧？」

對羅文嘉辭職一事，民進黨主席許信良則說：「李總統還沒有對我作出指示，所以我不知道應該怎麼回答才是，你們去問陳文茜看看，由她惹出禍來比較好。」

台北市陳水扁對於整個事件則感嘆地說：「我拆公園，禁公娼，非法營業斷水斷電動作都很快，想不到再快也不比搞砸自已快！」

（退稿原因：妳也是辭職被慰留下來的例子，不必五十步笑百步。）

1997
給我報報之
退稿驚選

江澤民訪問美國
遭我國全力封殺

文◎徐小鳳

中共外交部日前表示，中國國家主席江澤民這次美國之旅，本來是要訪問聖荷西市、奧克拉荷馬市、底特律市、達拉斯市和愛荷華市的，但由於行程太早曝光，遭台灣封殺，所以衹好臨時取消行程。汪主席在出發前語重心長的對記者說：「你們現在知道台灣如何打壓我們了吧？」

江澤民並在檀香山的一次記者會上說，中國共產黨再怎麼大都比不上他老爸大。他說：「我的老爸跟李登輝的老爸都比共產黨大，所以我也不怕共產黨，但也不怕李登輝的老爸，搞不好我的老爸比李登輝的老爸還要大！」

江澤民並對香港股市的狂跌發表評論，他說；「要買香港股市，現在趕快買！」

（退稿原因：本報已接獲指示，江澤民的新聞一律打壓。）

1997
給我報報之
退稿驚選

翹家的小孩會組黨

文◎戴奧辛

從國民黨出走後自組新黨的周荃立委，日前又從新黨出走，自組家庭黨，並且領表參選台北縣縣長。

據一名參與家庭黨建黨人士表示，由周荃主導的家庭黨，有很多特色，是目前檯面上的其他黨所沒有的。

這名建黨人士舉例說，一般政黨的黨部，都有夾在報夾裡的報紙供大家閱讀，可是家庭黨的黨部便沒有報夾，「沒有報夾，就不會發生創黨大老拿報夾追打創黨大老的家庭倫理大悲劇。」該人士樂觀地表示。

另外，家庭黨因爲強調家庭價值，所以堅決反對吃燒餅油條和豆漿，「因爲歷史告訴我們，燒餅油條和豆漿，經常被拿來當做攻擊黨內同志的武器，徒然造成浪費。家庭黨是反對拿有價值的食物攻擊同志的，所以我們不主張吃燒餅油條配豆漿。」該人士如此說道。

另一位家庭黨核心人士則表示，家庭黨也反對公共電視台的節目，他表示，公共電視台的節目也許有益於家庭，但是絕對不利家庭黨，「因爲一旦你開始收看公共電視台的節目，就無法同時收看眞相新聞網的節目。」該核心人士解釋道。

除了上面提到的這些，該核心人士說，家庭黨和其他政黨還有一點很大的不同就是，家庭黨是鼓勵家庭成員離家出走的，「其他政黨哪會鼓勵父母或者子女離家出走的？可是這都是舊的家庭價值，家庭黨的新觀念就是，如果待在家裡不爽，就整理個包袱離家出走。不出走，怎麼能組新的家庭？」該人士激動地表示。

「以及家庭黨。」另一個房間傳來周荃的聲音。

（退稿原因：本文有鼓勵《給我報報》裡的不爽分子出去另組《家庭報》之嫌，應予封殺。）

1997
給我報報之
退稿驚選

馬戲團勇於推出新節目
環保人士無話可說

文◎王建林

由於環球大馬戲團引進的動物，檢疫及相關證明資料不足，致使動物馬戲無法如期演出。新象公司負責人許博允先生爲了不讓喜愛看馬戲表演的觀眾們失望，決定親自喬扮動物模樣，配合馴獸師下海表演，所以當天任何動物的演出，不必懷疑，那一定是許先生本人沒錯。

首場演出招待弱勢團體，包括老人及孤兒………，但不包括教育與保育團體，因爲後者被許博允認爲是反動份子（編註：反對動物表演分子）。

許博允表示，這是他第四次引進馬戲團來台表演，從小他就喜歡看動物表演，看多了，也引發他的表演慾望；「動物能，我爲什麼不能？」一直是許不服輸的個性。

爲了表現許博允先生「超動物」的智慧與演技，許博允不但將表演一般性的動作，例如跳火圈、騎單輪車、倒立之外，還特別接受觀眾的指定表演項目，比如吃火球、猴子爬樹、大象翻身、熊跳芭蕾等高難度動作，許先生絕不會讓觀眾失望；許博允表示，近年來他一直提倡「新新保育觀」，一般人知識低，不懂什麼是「新新保育觀」，其實「新新保育觀」就是動物需要保育，人也須要保育，所以既然動物可以表演跳火圈等動作，人當然也可以，人怎能不如動物？

不過許先生也承認，由於他表演前並沒有接受皮鞭、電擊棒、囚禁、飢餓與恐嚇的訓練，一些較高難度的動作可能不如其他動物熟練，但爲了能迎頭趕上，他將在此次表演之後，申請到世界各地大馬戲團接受嚴格的訓練；不過他也擔心，未來馬戲團的訓練若改用「愛心」與「耐心」之後，對於從小就接受打罵教育的他，可能無法適應。

（退稿原因：在無法認定許博允先生是否屬瀕臨絕種或珍貴稀有的保育類野生動物之前，任何模仿野生動物的表演，都是違法的，你有沒有常識啊？）

1997年11月10日～11月16日

給我報報時事排行榜

三目武夫獨家製作／本周排名

1 大陸學歷認證政策緊急煞車。**可憐吳京煞車不及，追撞受傷。**

2 李總統接受《泰晤士報》訪問再度表示台灣為一獨立國家。**沒有強調十幾年前講這種話是會被槍斃的。**

3 國民黨全力「打扁」。**越打對方越旺，國民黨可能會被打扁。**

4 雷子文自焚身亡。**軍方趕快召開記者會，表示雷子文之死也是上吊自殺，與他們無關。**

5 台北中山分局警員鄒德瑞拒絕受賄事件。**可見白案兇嫌不發一彈，也會有警員受傷。**

6 股市名嘴譚清連遭黑道勒索。**要名嘴吐出一億元，名嘴吐血，只好報警。**

7 治平專案收押的多名黑道於選舉前保外就醫。**大哥雖狠，該裝孬種時倒也能伸能屈。**

8 高階將領涉嫌洩露四十億元軍購案機密。**這次沒有上校被殺滅口，可見軍中人權問題有改進。**

9 陳水扁市長將陳健治議長的質詢實況錄影帶丟進垃圾桶。**阿扁犯的最大錯誤是，沒有經過垃圾分類的手續就丟。**

10 職棒時報鷹主動要求停賽一年。**近因是：鷹隊總經理表示他不會投變化球，領隊表示，他守內野的話腰彎不下來。**

現場傳眞／採訪◎李友中

記者：「對這次憲警單位在仰德大道的徹夜圍捕行動，有何感想？」

陳進興：「感謝全國各界守候電視機前熬夜收看的觀眾，以及員警、媒體的奔波辛勞，我個人跑路也跑得很喘。」

記者：「像你這種作姦犯科的大壞蛋，如果落網將有何打算？」

陳進興：「參選屏東縣長，並接受勸退。」

1997 給我報報之退稿驚選

圍捕高天民

文◎周文華

截稿前消息，白案綁匪高天民在陽明山腳與警方槍戰後遁入山中，目前警方已動員大批警力全面圍捕高嫌。根據可靠消息指出，此次警方的圍捕行動一定會成功，理由如下：

一、此山名陽明山，陽者，男性也；明者，光亮也。高天民是男性，一入陽明山，勢必無所遁形。

二、高天民根本就買不起陽明山的房子，即使躲在山上，早晚也會被山上的大老們給趕下山，警方只要守在山下，就一定可以逮到他。

三、高天民潛入陽明山後，台幣匯率升了五角，他手中的錢變多了，一定會按不住性子衝下山來好好享用一番。

四、

五、

六、

七、

由於第四至第七項理由目前被警方視爲高度機密，因此暫時還不能曝光，本報的忠實讀者們可以等到消息揭露後再自行塡入預留空格中。不過，根據另一項可靠的消息來源指出，此次警方的圍捕行動可能不會成功。理由如下：

一、陽明山，就是王陽明的山，王陽明者，王守仁也；守仁者，守人也。由此看來，只能確定警方一定會在這裡「守人」，不見得一定能抓得到人。

二、高天民雖然買不起陽明山的房子，但他是搶匪，他可以搶。由此看來，如果高天民搶到了房子，警方恐怕就逮不到他了。

三、高天民潛入陽明山後，台幣匯率雖然升値了五角，但在前一天卻貶了三角，且近來台幣急貶，高天民的錢其實是變薄了。由此看來，高天民實在沒有必要衝下山來。

（退稿原因：法網恢恢，時有疏漏；高天民在層層的警網下跑了，你的報導也在疊疊的稿件中被遺忘了。）

1997年11月17日～11月23日

給我報報時事排行榜

三目武夫獨家製作／本周排名

1 陳進興劫持南非武官卓懋祺一家人廿四小時後棄械投降。**日後，除了沒破的案子之外，我國的外交困境也可把責任推給陳某。**

2 白案嫌犯高天民尋歡時被圍捕後自殺身亡。**警方到手的是一具經過馬殺雞處理過的屍體。**

3 縣市長選舉活動十九日起正式展開。**如果賄選活動也是十九日才正式展開則嫌太晚。**

4 統聯客運車禍十六人死亡。**政府終於發現統聯客運和統聯越野賽車原來是同一家公司。**

5 台視主播戴忠仁CALL-OUT陳進興。**廣告商全部CALL-IN台視廣告部門。**

6 第四屆全國經營者大會。**今年，與會者唯一的共識是「尿急用忍」。**

7 謝長廷因與陳進興談判聲望大增。**當初決定讓謝長廷與陳進興談判的人，年終獎金可能不保。**

8 伍澤元萬人感恩晚會。**貪成這個樣子卻沒有被判死刑，是要感恩。**

9 北市一名用監視器窺浴的房東被地方法院判賠六十萬元。**台灣最貴的閉路電視系統終於出現。**

10 彰化縣傳出人強暴鵝事件。**此君前世可能是吃不到天鵝肉的癩蝦蟆。**

現場傳眞／採訪◎李友中

記者：「收到陳進興的信，有何感想？」

李濤：「我希望他停止寫信給我，我太太已經不高興了。」

記者：「因爲陳進興學周荃稱您……濤哥？」

李濤：「我太太還問我爲什麼陳進興的信字跡如此娟秀！——我怎麼知道？」

1997
給我報報之
退稿驚選

李總統接受外國報紙採訪 堅持表示地球是圓的

文◎袁詠儀

李登輝總統本周在接受《紐約時報》的採訪時，三度用堅決的語氣說：「地球是圓的」，立即引起軒然大波，新聞局長李大維馬上澄清說，李總統的意思是「在太陽系裡的地球，並非方型的」，李局長說已經下令我駐外和駐內的單位都去函《紐約時報》更正。

李局長說，「地球是圓的」之說是外國記者誤解了李登輝的意思，事實上自哥倫布時代已證明地球是圓的，從來不是方型或其他型的，李總統只是把一些歷史事實重申給外國記者聽，並非支持「地圓」，更不是「宣布」地球是圓的。

李局長說，也許李總統用「The earth is round」這句英文用得不恰當，他應該說「距離太陽的第三顆行星是圓的」，但爲了讓訪問氣氛不要太嚴肅，才會直接用了「地球是圓的」這句話。

（退稿原因：要你報導「地球是獨立的」這個主題，你怎麼會扯上哥倫布？）

1997
給我報報之
退稿驚選

陳、高兩嫌投書本報
可惜忘了留下稿費投遞資料

整理◎翁健偉

給我報報編輯部：

我們是陳進興跟高天民，我們要投書。

為什麼要投書？因為我們要跑路，所以要賺稿費。

本來以為投書給《聯合報》、TVBS會有稿費，結果也沒有，氣死我們了。

後來我們又投給《中國時報》的「老實朱信箱」、「酸甜苦辣留言版」，結果投稿的人太多了，輪也輪不到我們。

當然，我們也考慮過《自由時報》的「天生玩家版」，可是編輯嫌我們字醜，看不懂寫些什麼，加上文筆不好，就被退稿了。

想來想去，就只有《給我報報》審稿的標準最寬、最鬆、稿費給的又大方，最適合我們這種亡命之徒、極需用錢的人了。

謝謝。

PS.因為我們逃亡了這麼久，有很長一段時間沒有看電視，可以不可以順便告訴我們「姻緣花」演到哪裡了？

陳進興與高天民敬上

陳、高二嫌：

誰叫你要投給《聯合報》跟TVBS，搞不懂行情，活該！

不過，你該投稿給《時報周刊》跟《TVBS周刊》，這樣一來，就算沒有稿費，起碼還可以成為「全世界第一個在《時報周刊》跟《TVBS周刊》都有文章見報的人」，這可是創紀錄哦，保證你風風光光、傲視各大作家。

至於《給我報報》，雖然我們福利至上，不過，你來信又沒有留地址叫我們把稿費寄到哪去？

下回要記得，投稿除了要留真實姓名，也要留通訊聯絡辦法，才不會拿不到錢。願你們文筆突飛猛進！

P.S.顧小春剛剛跳樓，不過還沒死！

《給我報報》編輯部

1997
給我報報之
退稿驚選

入珠被稱爲變態
入珠者當場變臉

文◎UNCLE

日前某晚報以頭條描述白案嫌犯陳進興入珠，所以是性變態。此報導《報報》全體上下（尤其是下）看了十分憤憤不平，因爲確實有不少女人喜歡入珠的陽具，理由是：

一、有異物感：如果施用正確，就是快感。

二、有新鮮感：不少女人喜歡嘗試新鮮，增廣性經歷。

三、外表壯觀：許多男生表示，由於陽具角度突兀崢嶸，頗受女性青睞，而入珠之陽具亦有類似外觀。

四、邪惡氣質：不少女人認爲兇狠霸道邪惡才是男人味，放眼古今中外重犯常有貌美性感女友相伴，入珠者更迷人。

說了這麼多，重點就是今天有人惡意醜化陳某，如果是爲了挾民意打落水狗順便提高售報量，或是意圖鼓勵全民逮捕而處以私刑，那就算了。可是，入珠的男人權益在哪裡？本報因此要求各位入珠的讀者，站出來吧！發出你的怒吼！向全世界宣告：

「我（和我的陽具）不是好惹的！」

並請各位讀者（男）簡單投書「我入珠」、「我尚未入珠，但我支持《報報》」或（女）「請入珠」便可，不需感慨萬千，浪費本報版面。

編按：《報報》此文尚未發表，祇不過在編輯部流傳了半小時，便收到了廣大讀者的投書，可見這個社會對「入珠」話題是熱衷。

●我十二歲，我入珠。　中和／阿忠

●入珠改善我的人際關係。　內湖／啓之

●入珠使我功課進步。　頂好／小蔣

●入珠令我小便困難。　台中／原原

●我支持《報報》，但是可不可以不要入珠？　關渡／肥仔

●不是每個男人都可以入珠的。　南勢角／佳慧

●不入珠便要家庭失和。　三芝／陳媽

●之前妻子動輒打罵子女，唉聲嘆氣，自從我入珠之後，每晚都聽到「我的家庭眞可愛」的歌聲，鄰人莫不稱羨。　大溪／宏璽

●本身是個公務員，自從入珠後，上班準時多了。　公館／俊明

●因爲學業關係，一直沒有機會認識入珠的男孩了，能否替我們寢室

介紹？　三峽／美如

●手術並不會讓你痛得死去活來。

艋舺／勇哥

●我喜歡打球，整天練球，希望練到人球合一的境界，請問可不可以「入籃球」？　洛城／小喬丹

●我趕時間，下個月再說吧。

天母／家富

（退稿原因：報上說入珠者不能自慰，可是並沒有說可以藉著寫稿來發洩。）

1997 給我報報之退稿驚選

聖經密碼不稀奇
連續劇密碼才是重頭戲

文◎翁健偉

自從有人發現從聖經中可以預測世界大事，而寫出《聖經密碼》之後，本報編輯經過多日研究，發現其實從連續劇中也可以分析時事，以下，就是本報編輯費盡苦心從 「姻緣花」劇場得到北縣選情的報導。

話說從前有一家人，分別是老公家凡、老婆雲生、以及兇婆婆王老夫人（影射國民黨、民進黨、新黨三分天下），由於雲生有不孕症，但又極需傳宗接代（影射尤清縣長已經任滿，不得競選連任），祇好找代理孕母完成使命（影射蘇貞昌代表民進黨競選）。

於是他們找到剛從感化院出來的少女顧小春，將此重責大任託付於她（影射李登輝欽點原本不被看好的謝深山出馬），酬勞談好是新台幣兩百萬（影射北縣有兩百萬選民）。本來顧小春乖乖地當個代理孕母，但是懷孕期間眼看家凡和雲生恩愛的模樣，王老夫人處處提防她的德性，心中不禁另有主張（影射林志嘉不願被勸退）。她想盡辦法分化雲生和家凡的感情，製造雲生和婆婆的衝突（影射廖學廣單槍匹馬力敵群雄）。

當顧小春生下寶寶，決定撕毀協議佔爲己有，雲生和小春都堅稱自己才是孩子眞正的母親（影射周荃不服從黨內決議，堅持違紀參選，和楊泰順鬧雙胞案）。同時她也千方百計引誘家凡，兩人之間發生了超友誼的關係，而此事很快就被雲生和婆婆獲知（影射林志嘉堅持參選，遭到黨紀處分）。

雲生悲憤之餘，決定和家凡離婚（影射周荃含淚退出新黨），但家凡心中還是愛著她（影射周荃對新黨那份矛盾的愛）。已經和顧小春結婚的家凡，抱著孩子偷偷去拜訪雲生（影射謝啓大冒著黨紀處分的危險跑去幫周荃站台）。顧小春知道自己祇得到家凡的人，永遠也得不到家凡的心，便跳樓自殺（影射楊泰順以高空彈跳作爲造勢活動）。

最後，由於「姻緣花」的結局尚未播出，顧小春跳樓究竟是生是死仍是個謎（影射北縣選情競爭激烈）。如果讀者想比連續劇還早一步知道最新的發展，可以去問國民黨籍的台北市議員秦慧珠女士，因爲製作人是她老公，她應該知道一二（影射國民黨全力

給我報報1997年鑑

動員輔選謝深山)。

(退稿原因：該記的不記，連續劇劇情記得這麼清楚，影射《給我報報》編輯同仁的無聊，有損本報形象。)

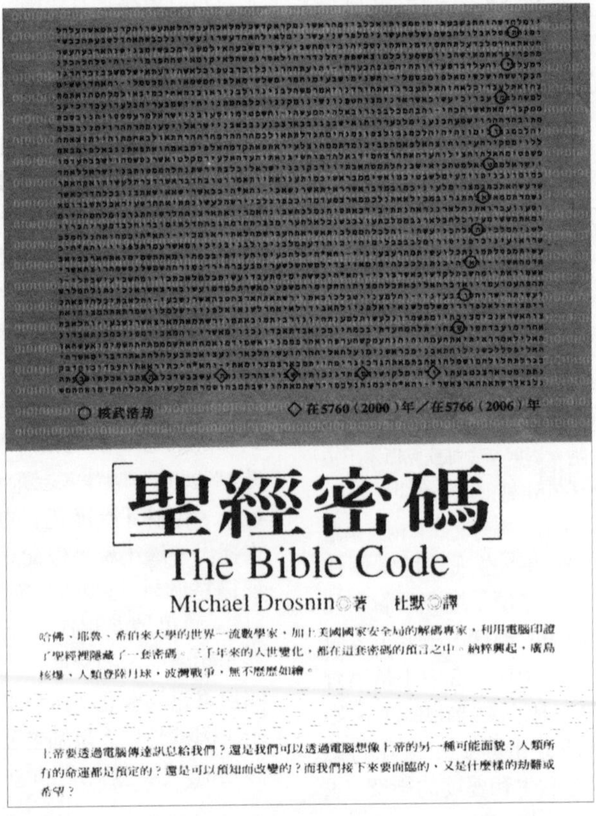

1997年11月24日～11月30日

給我報報時事排行榜

三目武夫獨家製作／本周排名

1 縣市長選舉民進黨大勝。**民進黨完成地方包圍中央，國民黨完成外島包圍本島。**

2 縣市長選舉活動進入高潮。**高潮時，好多人都流出了眼淚。**

3 台北縣爆發官商勾結變更地目弊案。**因為是綠色執政，所以被逮捕的官員臉都是綠的。**

4 國民黨與民進黨的發言人互相控告。**幸好民進黨最不缺的，就是律師。**

5 台北縣議員蔡明堂證實他曾被白案三嫌綁架勒贖。**可見議會的保護傘沒什麼作用。**

6 蕭萬長院長在中正機場分別與星、馬領袖晤談。**並幫對方購買免稅煙酒。**

7 綠黨抗議金馬獎因「火線大逃亡」等二片向中共低頭。**不低頭，金馬獎就會成驚馬獎。**

8 台北地檢署通緝陳啓禮等八個黑道首腦。**怎麼沒有在全省張貼通緝犯的照片？**

9 自白犯下120案的蕭國昌僅被法院採認6件後被判無期徒刑。**警方要是再加把勁，蕭國昌應該會坦承他就是白案的幕後黑手。**

10 基隆八斗子海堤崩塌造成釣客死傷。**還好基隆沒有低於海平面。**

現場傳眞／採訪◎李友中

記者：「台北市長陳水扁把陳健治議長的錄影帶當場塞入你的裡面，當時有何感覺？」

垃圾桶：「陳水扁把陳健治的東西塞入我的裡面的那一刻，我舒服得眼淚都快掉出來了，可惜陳健治馬上自己又抽回去。」

記者：「你希望陳健治的東西一直留在你的裡面？」

垃圾桶：「我已經是陳健治的人了，我要爲他生出好多個小錄影帶。」

1997 給我報報之退稿驚選

政見會不克前往 六壯士有話要說

文◎周文華

在淡水國小舉辦的台北縣長選舉第五場公辦政見發表會，日前發生「開天窗」事件，在六位縣長候選人皆未到場的情況下，主席祇好宣佈散會。整個政見發表會僅歷時十五分鐘即告結束。

對此，當天下午到場的選民十分不滿，甚至有人表示「不想投票了」。爲了避免選民們與候選人發生因「誤會而分手」的悲劇，本報記者特別訪問了六位候選人，請他們說明當日未到的理由。爲了表示公平，我們特別依照當日抽籤決定的發言順序來刊載他們的說明。

蘇貞昌：那天，我與高采烈準備前往淡水國小，然而就在我正準備出門時，卻發生了一件意外——我的電火球不亮了。你不是不知道，電火球是我的祕密武器，你想，這對我是多大的打擊？所以，那天我整個下午都抱著電火條摩擦生電，最後我的電火球雖然恢復了光采，卻因此而錯過了政見發表會。

林志嘉：因為那天，林志嘉在我家。你知道嗎？林志嘉就是我，我就是林志嘉，林志嘉在我家，換句話說，也就是我在林志嘉家，我既然在林志嘉的家裡，自然不可能出現在政見發表會的會場，難道你連這一點淺顯的道理都不懂嗎？

周荃：我不做沒把握的事，女性同胞裡面，像我這麼有氣魄的實在不多，如果沒有周全的準備，我是不會前往會場的。那天，我拿著地圖研究了整個下午，始終沒有辦法確定淡水國小正確的地理位置。沒有周全的準備、沒有十足的把握、沒有辦法找到淡水國小，我去了也是白去。

謝深山：我的情形跟周荃差不多，祇不過那天她整個下午在參研地圖，我卻是深山裡迷了路。第一次，打從出生以來，我第一次如此怨恨深山，它讓我無法擁抱我的選民，也無法擁抱其他幾位候選人的選民。如果我能當選，會考慮剷平北縣境內的所有深山。

楊泰順：我的情形跟謝深山差不多……喔，我並不是在山裡迷了路，我是說我也很想剷平深山。當然，我想剷平的是廣昌山全家，我對廣昌山全家簡直是恨之入骨，欲除之而後決……對了，你知道嗎？「廣昌山」不是某個人的名字；事實上，「廣昌山全家」是五個人，哪五個人……我不太好明講，除掉他們五個人，我才能順順泰泰地坐上台北縣長的寶座嘛！

廖學廣：其實我的情形跟謝深山以及楊泰順也是差不多，我也想剷平深山，而且那天下午我也的確在深山之中。祇不過，我並不是迷路，那條路我其實很熟。那天，我一大早就跟蹤謝深山，我跟蹤他也沒有什麼別的目的，知己知彼、百戰百勝嘛！到了下午，他在山裡迷了路，我知道路，可是偏偏不告訴他怎麼走。後來……後來……我看到了一個大鐵籠……是的，就是那個大鐵籠。頓時間，我百感交集，在鐵籠前足足站了……站了……我也忘了站了多久，總之是錯過了政見發表會的時間。

（退稿原因：廖學廣不是說要送我們MARCH嗎？車呢？）

1997
給我報報之
退稿驚選

那一刻，陳進興與張素眞幹了不少事

文◎翁健偉

在日前落幕的陳進興劫持南非武官一家人的案子裡，許多人都很好奇，陳進興跟張素眞單獨在官邸相處的那十五分鐘，究竟做了什麼事？

親熱？串供？錯了！那十五分鐘發生的事情，請看本報利用特異功能人士以隔空讀心術得到的獨家報導。

話說陳進興一等到有機會和張素真相處，便一把抓住了她；「真，我終於等到妳了！真好」

「哎喲，你好死相哦！大家剛剛才哭成一團，現在又……」

「不是啦，我是在等妳來，幫我把這地掃一掃。」

「掃地？」張素真這下才知道自己搞錯了，「掃地？」

「是啊，我把人家家裡弄得這麼亂，實在不好意思。妳幫我把這些碎玻璃，滿地血跡清一清好不好？不然傳出去大家會以為我不注重衛生。」

張素真沒好氣地開始打掃起來，然後一屁股坐在電視機前，把遙控器搶過來，轉到購物頻道。

「妳幹嘛啊？我要看新聞轉播！」陳進興揮舞著槍枝，「看購物頻道做什麼？」

「我要買東西。」張素真氣鼓鼓地說。

「這節骨眼上買什麼東西？有什麼好買？」

「我要買阿姆斯壯太空漫步機，」張素真好整以暇地說：「我在牢裡待了那麼久，身材都變形了，買台健身器材練一練啊。」

「妳瘋了？那麼貴，我們哪來的錢？」

「你不是犯了一堆案子，勒索了一大筆錢嗎？放在那裡不用，讓人家花一花又不會怎樣，小氣！」

「我小氣？我看妳沒事練身材，一定是背著我外頭有男人啦，我才不買。」

「我有男人？哎喲，你在外頭上多少女人我都沒在計較了，居然還先懷疑我有男人。」張素真下定決心說道：「你們男人就是這樣，死到臨頭了都還在小心眼。」

「妳說誰死到臨頭？」陳進興提高了嗓門。

「我講的又沒錯！」張素真吼了

回去。

兩人一氣之下，誰也不肯跟誰說話，官邸又恢復了沈默。

「我不管，你還是給我錢。」張素真終於先開了口。

「錢錢錢！要錢做什麼？」

「我在牢裡啊，關我隔壁的跟我說哦，做那個直銷生意實在很不錯，可以賺很多錢，工作時間又自由，我想想也不錯啊。你以後不可能再照顧我跟小孩了嘛，我還是得自力更生啊，就答應參加了，買了一批美容產品」。她一口氣說完，「現在我已經欠人家了，所以你要給我錢，我才可以繳會費，業績才能算數。」

「妳給我拿回去退！」

「人家就是不能退嘛！」

「哪有不能退的？」

「那家直銷公司就是這樣啊！你懂不懂做生意啊？」

「我懂得做生意幹嘛還去殺人放火？」

「既然你不懂，為什麼不尊重我這個專家呢？錢拿來！」

不知不覺中，兩人已經吵了十五分鐘，為了不想把錢交給老婆，陳進興寧可向警方投降，結束了二十四小時的對峙。

（退稿原因：任何對直銷業及電視購物頻道不公平報導的文章，都祇有退稿一途。）

中華民國八十六年 1997

十二月

十二月十二日

初八立春

己卯占大門

2.1

喜神：東北 財神：正北 日煞：西方 日沖：雞66歲	**不宜** 修造 入宅
宜	開市 嫁娶 安床 牧養

1

格言

十二不射為善最樂

星期日

給我報報1997年鑑

日 SUN	一 MON	二 TUE	三 WED	四 THU	五 FRI	六 SAT
1	2	3	4	5	6	7
8	9	10	11	12	13	14
15	16	17	18	19	20	21
22	23	24	25	26	27	28

本月大事記：

1.那一夜他們又打電話

2.民調DIY 老K爽歪歪

3.十二星座的十二種死法

4.給我報報非常五四三諾貝爾獎揭撓

該得的都得了，不該得的也得了

1997年12月1日～12月7日

給我報報時事排行榜

三目武夫獨家製作／本周排名

1 李登輝在國民黨中常會表示應負敗選最大責任。**眾中常委則應負鞏固領導中心的最大責任。**

2 章孝嚴接任國民黨祕書長。**任重道遠，因為接收了一批蠢蛋。**

3 八十六年度台灣地區人權指標調查報告出爐。**唉！只好建議大家看光明面：哇！經濟又成長了！**

4 北縣東海中學師生護產與警方爆發流血衝突。**沒有流到校長、副校長的血，否則就是喜劇。**

5 許信良夜會劉泰英。**才揭發十三年前許信良密商唐樹備的彭明敏，十三年後將揭發此事。**

6 國民黨立院黨團書記者陳鴻基公佈「施政滿意度」民調。**國民黨回敬他一份分數很低的「鴻基滿意度」民調。**

7 國統會召開全體委員會議。**信介仙沒去，統一的藍圖一點綠色都沒有。**

8 溫哈熊口述歷史直言批評郝柏村。**堂堂正正的軍人其實是沒有必要去批評一個為了做大官而除役的平民的。**

9 省公路警察25名員警涉嫌向砂石業索賄被起訴。**檢察官眼裡揉不進一粒砂子，遑論一車砂石？**

10 「美加美留學顧問社」販售假成績單被查獲。**蠢蛋，學張軍堂博士直接偽造南加大的博士班成績單不就沒事。**

現場傳眞／採訪◎李友中

記者：「選舉大敗，身爲國民黨發言人是否有所檢討？」

蔡壁煌：「我開始認眞思考陳文茜的話，也許我畢竟是個壞男孩。」

記者：「那是選戰文宣罵來罵去，陳文茜的話不要當眞。」

蔡壁煌：「我是壞女孩？」

1997年12月8日～12月14日

給我報報時事排行榜

三目武夫獨家製作／本周排名

1 劉兆玄出任行政院副院長。**這一步證明，爛局也可出好棋。**

2 星座專家陳靖怡遭男友刺死。**不必根據星座圖便可預測：一票星座專家會放馬後炮。**

3 拜耳在台中縣設廠案引起民進黨內訌。**吃再多拜耳藥廠出的藥也壓不下。**

4 高雄同一日發生煉油廠氣爆及巨型水池模板塌陷工安事件。**不是氣爆震塌蓄水池頂，台灣的工安事件沒這麼簡單。**

5 國民黨立院黨團書記長陳鴻基公佈的「施政滿意度」民調。**滿意度最低的，只好努力把此民調的新聞度炒到最高。**

6 被羈押強暴嫌犯的精液的DNA與獄外新案DNA比對吻合。**要想證明不吻合嗎？把鑑識人員抓來刑求不就得了？**

7 「台灣人權展—歷史的審判」揭幕。**此展也是調查局本週排名第一的禁忌話題。**

8 遭大陸漁民挾持的保七隊員莊鎮躍被釋放回台。**贖金不是很高，證明大陸並不熟悉台灣的綁架行情。**

9 中油今年第三次調整油價。**民眾也第三次調整心情。**

10 洪昭男召開記者會譴責「路邊尿桶」文宣。**早一個月開此記者會，當選的也許就是他。**

給我報報尋人啟事：

記者友中，突然失蹤，現場傳真暫停一週，如有仁人君子知其下落，一週內告知，即贈神祕小禮物份，送完為止，請速來電。

TEL:9889393

1997
給我報報之
退稿驚選

那一夜他們又打電話

文◎拿破崙

國民黨在本次縣長選舉中大敗，此事立即成爲繼陳進興劫持南非武官全家之後最讓電視媒體興奮的事，各電視台無不卯足全力製作國民黨在選舉之夜由吳伯雄祕書長主持之記者會。

台視的戴忠仁再度拔得頭籌，他在試撥一通電話給吳伯雄後，竟然和吳祕書長通上電話，在台視新聞部同仁的不斷餵題協助下，戴忠仁和吳伯雄足足談了兩個小時，從助選談到敗選的原因，天南地北無所不談。台視後來表示，他們希望在吳伯雄辭職之前，多挖一些此次選舉內幕，免得他辭職後，很多懸疑得不到答案。

戴忠仁與吳伯雄談完之後，ＴＶＢＳ的李濤也與吳伯雄通上話，不過李濤依舊是一副咄咄逼人的語氣，一直在教訓吳伯雄，最後並且要求吳伯雄給國民黨一個交代，向國民黨主席李登輝道歉，他並且在電視上對吳伯雄公開李主席家裡的電話，要吳馬上打電話給李向他道歉。

吳伯雄正想打電話給李主席，想不到中視的李玲及王育誠在李濤掛上電話後，立即打電話給吳伯雄，將電話線佔據，不管吳怎麼拜託中視把電話掛掉，中視都不理，李玲且不斷告訴吳伯雄，他的夫人此時正在收看中視，她可以安排吳伯雄與夫人對話，因此請吳千萬不要掛電話。

隨後王育誠接替李玲與吳伯雄對話，想不到王育誠劈頭第一句話就問吳伯雄：「你會自殺嗎？」吳還沒來得及反應，王又追問：「你打算什麼時侯自殺？」

吳伯雄此時頗感不耐，就把中視的電話掛掉，十秒鐘之後，他想撥電話給李登輝，不料中視這邊並沒有掛掉電話，因此吳伯雄祇好再和中視記者對話。

好不容易中視終於掛掉電話，想不到民視的廖筱君趁機插入；民視談完，輪到東視的莊玉珍和他搭上線；東視聊完，正想休息，超視的周慧婷又出現在電話的另一端。

周慧婷不但和吳伯雄談選戰，最後且要求吳伯雄唱兒歌「兩隻老虎」，喜歡唱歌的吳伯雄不便拒絕，祇好和周慧婷合唱了兩隻老虎這條歌，還唱了不祇一遍。

唱完歌，吳伯雄眞的累了，媒體也累了，觀眾也累了，一場激烈的媒體大戰方才結束。

（退稿原因；別以爲把陳進興改成吳伯雄，把白冰冰改成李登輝就可矇混過關。）

1997年12月15日～12月21日

給我報報時事排行榜

三目武夫獨家製作／本周排名

1 香港聞人林百欣涉嫌涉入台北大學弊案遭收押。**老子終於追上兩個兒子在台灣的知名度。**

2 拜耳公司宣布暫停在台投資。**相關人員在台灣的感情投資則不在此限。**

3 「上帝拯救地球飛碟會」製造出來的風波。**上帝打電話給本報表示：好戲還在後頭。**

4 國民黨中央黨部一級主管異動。**文工會主任終於找到一位懂得化妝的黨員出任。**

5 羈押權回歸法院正式生效。**只要你不犯罪，歸誰都跟你你無關。**

6 民進黨召開新任縣市長會議。**原名為「坐六會議」，現已改名為「坐十二會議」。**

7 廢娼案台北市政府覆議失敗。**台北市議會支持公娼再幹兩年。**

8 立院「動物保護法草案」訂定禁止賽馬條款。**我們預測最近會有一票私宰馬肉上市。**

9 北市臥底警官陳豐盛涉嫌瀆職遭收押。**可能交由臥底檢察官偵辦。**

10 立院三讀通過「民用航空法修正案」，警方將可驅離霸機旅客。**航空公司也將可大膽誤點。**

現場傳眞／採訪◎李友中

記者：「您在選後公布滿意度偏低的『首長施政滿意度調查』遭到貴黨高層極大反彈？」

陳鴻基：「大家都罵我！——李連幕僚護主抱不平，蔡壁煌指民調被濫用，饒穎奇說我不懂事。」

記者：「您還敢自行公佈民意調查數據嗎？」

陳鴻基：「你知道蓋洛普公司的職員有之74.5％得過痔瘡嗎？」

1997
給我報報之
退稿驚選

民意調查特別報導（1）
民調DIY 老K爽歪歪

文◎周文華

日前，國民黨立法院黨團書記長陳鴻基委託蓋洛普進行對國民黨施政滿意度的民意調查，結果不但民眾對該黨的滿意度低，該黨對此調查的滿意度也降到了歷史性的新低點。爲此，《給我報報》特別也做了一次民調，希望能得到讓國民黨較爲滿意的數據資料。與陳鴻基不同的是，我們沒有委託任何人，從設計問卷到分析結果，完完全全都是本報上下同仁ＤＩＹ的成果，所以可信度十分高。以下，是這次調查的結果：

一、請問您支不支持李總統？
支持5％，不支持90％，不知道5％（答「支持」者續答下一題，其餘的拖下去砍了。）

二、請問您對李總統的施政是否滿意？
滿意5％，不滿意90％，不知道5％（答「滿意」者續答下一題，其餘的狗頭鍘伺侯。）

三、請問你對李總統的施政，最滿意的是什麼？
啊？什麼？90％，不知道5％，都很滿意5％（答「都很滿意」者續答下一題，其餘五馬分屍。）

四、請問您對連副總統的施政是否滿意？
「＆＠＃＄＆」95％，滿意5％，不知道０％（答「＆＠＃＄＆」者，查明「＆＠＃＄＆」是什麼意思後，剁成肉醬。）

五、請問您對連副總統的施政，最滿意的是什麼？
財產20％，財產20％，財產20％，財產20％，財產15％，都很滿意5％（按：連家有很多財產。）（答「都很滿意」者續答下一題，其餘剁成肉醬後灌成香腸。）

六、蘇志誠說國民黨養蠢蛋，您認爲國民黨養的都是些蠢蛋嗎？
是90％，不是5％，不知道5％（答「不是」者續答下一題，其餘剁成肉醬灌成香腸後拿去餵狗。）

七、蘇志誠說國民黨養蠢蛋您認爲他是養蠢蛋的國民黨，還是被國民黨養的蠢蛋？

養蠢蛋的國民黨０％，被國民黨養的蠢蛋99%，都不是1%
（答「都不是」的續答下一題，其餘誅九族。）

八、國民黨偉不偉大？
偉大100%，不知道0%，不偉大0%

九、國民黨在下次選舉中，是否能夠一雪前恥，奪回百之百的席次？
會100%，不會0%

十、（以下略）

由於在答完第七題後，所有的受訪者，都被誅九族，僅存一人繼續答題，因此答案呈現一面倒的態勢，所得答案不是百分之百就是零。不過，令人欣慰的是，自那第八題以後，直到問完第一百題，受訪者對國民的各項現狀皆十分滿意。在好奇心的驅使下，本報特別調查了該名存活者的身分……巧的是，他就是蘇志誠。

（退稿原因：嘿！搞不清楚狀況？國民黨現正追殺《魔鬼的詩篇》的作者，你還寫《魔鬼的詩篇》續集？）

1997年12月22日～12月28日

給我報報時事排行榜

三目武夫獨家製作／本周排名

1 許信良舉行記者會表示不再競選黨主席。**上一次許信良下台之後，他的下一戰便大勝。**

2 國民黨李主席表示應向樁腳政治說再見。**這麼絕情，日後，樁腳們自會用腳投票。**

3 大法官會議第443號解釋指出，限制役男出境違憲。**除非對方沒有繳機場稅。**

4 大和解咖啡續杯。**我們以為主人周荃會找朱高正和楊泰順一起來喝。**

5 和信與力霸的頻道之爭。**各位觀眾，想要充實生活嗎？讀書更有效。**

6 外交部宣布與南非斷交。**可把責任推到劫持南非武官的陳進興頭上。**

7 台北捷運淡水線全線通車。**可以從髒的淡水河口一路看到亂的台北市容。**

8 白冰冰向五媒體索賠一億元。**第二天，五媒體公司門外便聚集了許多SNG轉播車和好奇的民眾。**

9 立院「戒嚴時期不當政治審判補償條例草案」公聽會。**諷刺章孝嚴穿夾克親民做作的郝柏村應該來聽聽，看看穿夾克親民不做作的蔣經國，整死過多少人。**

10 連戰慢跑。**不可小看，當初追方瑀小姐也是用慢跑追上的。**

現場傳真／採訪◎李友中

記者：「您接受輔選顧問的建議，放下身段參加『青年發展基金會』和年輕人促膝長談交心，成效如何？」

連戰：「我告訴時下年輕人，打老婆一定要五指併攏才有力。」

記者：「可是連方瑀女士也接受輔選顧問的建議，頻頻曝光又是拔河又是剪綵的，臉上青紫五爪印恐怕不好看。」

連戰：「我接受輔選顧問的建議，早就不打巴掌了，改打屁股。」

給我報報1997年鑑

十二星座的十二種死法

文◎翁健偉

雖然《給我報報》從來不信星座學這一套，但是星相學專家被殺身亡的噩耗傳來，還是讓辦公室所有的同仁都哭紅了雙眼。好在後來發現雙眼淚流不止原因是空調失靈，跟噩耗扯不上太多關連。但為了服務關心星相的讀者，本周本報破例推出「十二星座的十二種下場」，預測這個月十二星座可能會遭到的不幸，希望大家互相警惕。

摩羯座／背著髮妻鬧婚外情，然後把她休掉，另娶新歡，被人指為無情無義，然後自稱被「嗜血的媒體」給逼死。

水瓶座／被黨內蠢蛋做的民意調查結果給活活氣死。

雙魚座／因為每個禮拜按時收看「姻緣花」，結果被亂七八糟的劇情給活活氣死。

牡羊座／看到莊育焜累積了那麼多驚人的財產，導致驚嚇過度當場活活嚇死。

金牛座／有事沒事罵人家是「路邊尿桶」，害得親兒子也跟著自己鬧斷絕父子關係，有苦難言倒楣個半死。

雙子座／有事沒事口口聲聲硬說「蔣經國不是蔣介石的兒子」，被大家笑死。

巨蟹座／有事沒事在學校大聲說出「我恨梁詠琪」，被同學一湧而上打個半死。

獅子座／股票被套牢，套的死死的，不死也得死。

處女座／看了《一九九五閏八月》，擔心中共何時會打過來，憂慮致死。

天秤座／看了《聖經密碼》，擔心地球何時因核戰爆發而毀滅，憂慮致死。

天蠍座／吸菸吸久了就會死。

射手座／打著「百年老店」的旗號參選，結果慘敗，焉能不死？

（退稿原因：你的不幸就是，明知自己這個星座的人本周會被退稿，還花這麼多時間寫這篇東西。）

1997年12月29日～1998年1月4日

給我報報時事排行榜

三目武夫獨家製作／本周排名

1 和信與力霸的頻道之爭。**兩大集團不管再怎麼惡鬥，記住，新聞局長家的節目不能斷訊。**

2 五常街槍戰敘獎風波。**一句話：比五常街槍戰更刺激。**

3 張豐緒憤辭奧會主席職。**在國外沒尊嚴也就罷了，可是在國內？ㄇㄚ ·ㄉㄜ，辭職！**

4 連戰訪問新加坡。**記性不錯，所以沒有重新宣佈上次李登輝總統訪星時已經宣佈過的南進政策。**

5 民眾報案不再限轄區。**我們當然建議大家去破案率高的轄區報案。**

6 政院公共工程委員會公佈「有潛在安全顧慮」的十七個社區。**這些社區終於有比斷訊更嚴重的事情要擔心。**

7 陳水扁的年終記者會。**公娼鬧場，記者會變妓者會。**

8 新黨祕書長王建瑄家中的「披薩聚會」。**不知從什麼時候開始披薩也會讓人high。**

9 教育部公佈新的三民主義及軍訓課程內容。**什麼？不再批判台獨？麻煩請大家趕快通知李慶華跟傅崑成。**

10 聖嚴法師指出：僧尼通姦，亂象頻傳。**哇！宗教鎖碼頻道！**

現場傳眞／採訪◎李友中

記者：「身爲二二八屠殺事件最令人作嘔的兇手卻能躺在床上死掉，有何感想？」

彭孟緝：「蔣公……衛生紙……我來啦！」

記者：「昇天這種事找　蔣公沒用的。」

彭孟緝：「我想找秦慧珠。」

1997
給我報報之
退稿驚選

給我報報非常五四三諾貝爾獎揭撓
該得的都得了，不該得的也得了

評審：周文華、盧郁佳、
　　　翁健偉、徐玖經

整理◎徐玖經

「給我報報一九九七年非常五四三諾貝爾（NO BELL）獎」，是一個由《新新聞周報》、「大地頻道」和《給我報報》共同製作的獎項，其中《新新聞》負責「獎」，「大地頻道」負責「一九九七」，其餘的「給我報報非常五四三諾貝爾（NO BELL）」則由刻苦耐勞的《給我報報》負責，由此可見《報報》同仁廉價的程度。

爲什麼叫NO BELL獎？

因爲這是一個「黃鐘毀棄，瓦釜雷鳴」的時代。

沒有了鐘，英文叫NO BELL，中文就叫諾貝爾。

「不是已經有了一個諾貝爾了嗎？」有人問。

「SO WHAT？你知道台灣有多少陳進興嗎？」我們反問。

於是這個年度大獎的名稱，就正式定爲陳進興，不，諾貝爾。諾貝爾的評審過程是嚴肅的，也是冗長的，因此偶爾會傳出鼾聲。四位評審花了整整一年的時間感受台灣在一九九七年的脈動，然後又花了近二十分鐘的時間，投票選出優勝者。

優勝者都喜極而泣。

至少，我們希望他們有如此的反應。

落選者也不必難過，一九九八年，祇要努力，還是有可能獲獎的。下面，就是《給我報報》一九九七年諾貝爾的提名者以及得獎者（頭上有星號）名單和上榜的理由：

經濟獎

外交部：終於跟南非斷交，以後可以省下很多銀子，很經濟。

林清玄：心靈改革大師喜獲麟兒，卻沒有請文化圈和新聞圈的許多好友吃油飯，很經濟！

連戰：每天中午回家吃飯，很經濟。

民進黨辣妹：穿得好少，有時還不穿內衣，很經濟。

共浴的政大男女生：一起洗，洗澡水省了一半，好經濟。

☆得獎者爲林清玄

和平獎

曾文惠：整容後，醫師還活著，結果很和平。

王建瑄：沒有在記者會上宣布辭職，使一票人打消跳樓的念頭，挽救了不少性命。

陳進興＆與他擦肩而過的交警：雙方沒有展開槍戰，逃的逃，躲的躲，道別的方式很和平。

陳文茜：拒絕花花公子拍裸照，確保許多人不被溺死。

北市高階警官：打靶成績有42％不及格，也大大降低了槍戰的可能死亡人數。

☆**得獎者爲曾文惠**。

文學獎：

陳進興：投書給媒體，字體娟秀，白字不多。

羅明才：爲澄清父親羅福助的形象，不惜斥巨資刊登「背影」廣告信，讓朱自清自嘆弗如。

某國中後段班學生：給教育部長吳京的信，寫的比許多前段班學生要好。

宋楚瑜：辭呈感人肺腑，「請辭待命」且力克「戒急用忍」成爲年度成語。

洪昭男：任何提得出「路邊尿桶」文宣的候選人，都應該在諾貝爾的提名單裡有一席之地。

☆**得獎者爲宋楚瑜**

物理獎：

新黨核心大物：核分裂使得新黨無法釋出能量，挑戰核分裂的定義。

國民黨打扁大隊：用行動來檢驗物理學上的「作用力、反作用力」。

李登輝主席：國民黨大敗，他卻不動如山，證明了物理上的「靜者恆靜」定律。

☆**得獎者爲國民黨的打扁大隊**。

化學獎：

宋楚瑜：一下子很氣（氣體），一下子又成爲急凍人（固體），一下子又淚流滿面（液體），個人表演化學的三態變化，令人動容。

鄭杰士：前任美國在台協會主席，在職期間，很會化緣，最後把自己的職位都給化掉了。

☆ 得獎者爲宋楚瑜。

美學獎：

龐嘉綾：「成功嶺之花」不美，誰美？

高天民：化妝成女人，令人驚艷，好美！另外，他是在做完馬殺雞之後才自殺的，死得很淒美。全身肌肉馬過之後很鬆弛，死相也應該很美。

青輔會主委黃德福：要捐一億元給連戰的「青年發展基金會」，想得眞美，美得冒泡。

安全帽：壓住滿街亂跑的醜陋髮型。

南非武官卓懋祺的家：好美！電視上都看得到。

☆得獎者爲黃德福

光學獎：

許曉丹：在自己的婚禮上穿著夏娃的衣服出現，一票男人看著光溜溜的她，眼睛都發光。

蘇貞昌：腦袋有一百燭光。

關淑怡：「春光乍洩」的所有演出鏡頭都被剪光光……

☆得獎者爲許曉丹

電學獎：

台北市政府：對八大行業斷電，替社會省了不少電。

陳鴻基：發表「施政滿意度」，電到一大堆人，而且都是領導人。

江丙坤：年初時去電北市捷運局，抱怨施工路面不平，大官親自去電小單位，值得一提。

范光陵：「蔣經國不是蔣介石親生的」一說，電到一票人，包括死人。

☆ 得獎者爲陳鴻基

地理學獎

李昂：寫《北港香爐人人插》，讓許多人知道北港在哪裡。

李登輝：公開表示「台灣不是香港」，教大家認識地理很有貢獻。

白案三嫌：如果不是對台灣北部地理這麼熟，不可能躲這麼久都抓不到。

☆得獎者爲李昂

畜牧學獎

簡又新：現代版的蘇武牧羊，表

現傑出。

黃任中：養一大堆乾女兒、女弟子，只要有三圍的他都養，表現不凡。

太極門負責人洪石和：不但養天地正氣，也養小鬼。

國民黨：養一票蠢蛋，遠近馳名。

☆得獎者爲國民黨

神學獎

王菲：來台灣做宣傳，與媒體和工作人員相處12天相安無事，神蹟。

蕭登標：在眾多警員包圍下，會變不見，好神！

連戰：用神遊的方式遊西班牙。

☆得獎者爲蕭登標

營養學獎

李慶華：因爲「認識台灣」教科書率眾蛋洗教育部，每個蛋都很營養。

台北市議會：通過的「自肥條款」很有營養。

政黨補助金：好補！

☆得獎者爲台北市議會

醫學獎

連戰：發表「萬點是健康的」理論，震驚投資人。

北市府會：互指對方爲爛瘡，診斷得好。

中油公司：爲社會製造了不知多少「非志願性醫學治療」機會，對我國醫療活動貢獻很大。

蔣仲苓：本來要辭職，休息兩個禮拜就不必辭了，醫學奇蹟。

「一〇一九爲司法復活而走」：雖然司法沒有復活，可是至少這是個很好的醫學實驗。

☆得獎者爲中油公司

smile 20 給我報報1997年鑑

作者：三目武夫、袁詠儀等

責任編輯：韓秀玫

美術編輯：何萍萍

插畫：南魚

發行人：廖立文

法律顧問：全理律師事務所董安丹律師

出版者：大塊文化出版股份有限公司

台北市117羅斯福路六段142巷20弄2-3號

讀者服務專線：080-006689

TEL：(02) 9357190　FAX：(02) 9356037

信箱：新店郵政16之28號信箱

郵撥帳號：18955675　　戶名：大塊文化出版股份有限公司

e-mail:locus@ms12.hinet.net

行政院新聞局局版北市業字第706號

總經銷：北城圖書有限公司

地址：台北縣三重市大智路139號

TEL：(02) 9818089 (代表號)　FAX：(02) 9883028 9813049

印刷製版：中原造像股份有限公司

初版一刷：1998年 2 月

定價：新台幣 199 元

Printed in Taiwan

國家圖書館出版品預行編目資料

給我報報：1997年鑑／ 三目武夫 袁詠儀等合
著；南魚繪圖-- 初版-- 臺北市：大塊
文化，1998［民 87］
面； 公分. -- (Smile系列；20)
ISBN 957-8468-43-1 (平裝)

856.8 87001729

1 7

台北市羅斯福路六段142巷20弄2-3號

廣　告　回　信
台灣北區郵政管理局登記證
北台字第10227號

請沿虛線撕下後對折裝訂寄回，謝謝！

大塊文化出版股份有限公司　收

地址：______市／縣______鄉／鎮／市／區________路／街______段_____巷

弄______號______樓

姓名：______

大塊 LOCUS 文化

編號：SM020　　書名：給我報報1997年鑑

讀者回函卡

謝謝您購買這本書，爲了加強對您的服務，請您詳細填寫本卡各欄，寄回大塊出版 (免附回郵) 即可不定期收到本公司最新的出版資訊，並享受我們提供的各種優待。

姓名：________________ **身分證字號**：________________

住址：________________________________

聯絡電話：(O)________________ (H)________________

出生日期：________年______月______日

學歷：1.□高中及高中以下 2.□專科與大學 3.□研究所以上

職業：1.□學生 2.□資訊業 3.□工 4.□商 5.□服務業 6.□軍警公教 7.□自由業及專業 8.□其他________

從何處得知本書：1.□逛書店 2.□報紙廣告 3.□雜誌廣告 4.□新聞報導 5.□親友介紹 6.□公車廣告 7.□廣播節目8.□書訊 9.□廣告信函 10.□其他____________

您購買過我們那些系列的書：

1.□Touch系列 2.□Mark系列 3.□Smile系列 4.□catch系列

閱讀嗜好：

1.□財經 2.□企管 3.□心理 4.□勵志 5.□社會人文 6.□自然科學 7.□傳記 8.□音樂藝術 9.□文學 10.□保健 11.□漫畫 12.□其他_____

對我們的建議：________________________________

____

____

LOCUS

LOCUS

LOCUS

LOCUS